双葉文庫

さとり世代の魔法使い

藤まる

CONTENTS

北条雫《ほうじょうしずく》。十九歳。

都内の私立大学に進学。所属は文学部。現在二年生。

身長158センチ。体重は少なめ。

外見は同年代と比べて悪くないはず。第一印象はほどよく大事。

北条家のひとり娘として育ち、現在は大学近くでひとり暮らし。

性格は品行方正。自分で言える程度には気をつけています。

好きな言葉は合理主義。

尊敬する人はナイチンゲール。クララ・バートン。

嫌いな言葉は根性。気合い。熱血。連帯責任。

嫌いな人は周りの迷惑を考えない人。声ばかり大きい人。やたら暑苦しい人。講義中に私語をする人。講義中にスマホを触る人。講義中に携帯ゲームを起動させる人（一体何を考えているのでしょうか）。

他にもやたら「うえーい」と騒がしい人。知り合いを見つけるやいなや「ういー」とへらへら笑う人。しつこく付きまとっては「この後どっすか？」などと水没したような脳味噌で低俗な言語をのたまう人。流行りのドラマを見てないと言っただけで「ええ～アレ見てないとか生きてる意味なーい」とわたしの人生を全否定した人。合同コンパに行かなかっただけで「顔が良くてもそれじゃモテないぞー」などと一体いつわたしがモテたいと言ったのか、それ以前にその言い方だとわたしがモテていないみたいではないですかと小一時間説教したい気分にさせてくれた人。学部の飲み会で未成年飲酒を咎《とが》めたら「北条さんって結婚できなさそう」と嗤《わら》い、あなたにわたしの何がわかるのか、というか結婚したいなんてひとことも言ってませんし、そもそも未成年飲酒の指摘とわたしの合理的人生設計に何の関連があるのかまったくの理解不能であり、にもかかわらずリラックスできるはずのお風呂でこのわたしを涙目にさせながら湯船を三十回もばちゃばちゃさせるに至った、あの、にっくき三段腹のあの女！

……失礼。少々熱くなってしまいました。

などなど、自己紹介をすれば嫌いなもので半分を占めてしまうような、世の中に不平不満を抱いているのがこのわたし、北条雫です。ですがわたしはそんな自分が嫌いではありません。むしろそこで己を曲げない自分に誇りを持っています。

なぜならわたしはさとり世代。

この世の中で、最も合理的な世代なのですから。

そんな、どこにでもいる至って普通の平凡を極めたわたしですが。

最後にひとつだけ。

特筆するほどのことでもないですけれど、一応こちらも紹介しておきます。

わたしは魔女です。
平成最後の魔女です。

一章　さとり世代の魔女

「おーす雫！　おっひさー。元気？」

「はあ」

物語や人生において事件は突然やってくるというけれど。

まさかわたしの場合は寝不足の朝に突然、普通に玄関のチャイムを鳴らしつつ、その辺で買ってきたであろうお饅頭を「ほい、これハワイ土産」とのたまいながらやってくるとは思いませんでした。

「爽太《そうた》さん？」

「お、やるじゃん雫。十年ぶりでもわかるもんだなー。にゃはは」

目の前の青年――爽太は、昔と変わらぬ笑顔でいたずらそうに笑う。

簡素清貧。久々に見る彼の姿は、まさにそんな感じだった。

ファッションを意識するでもないサンダルにチノパンに痩せ細った身体を包む地味なTシャツ。そして無造作な髪型から覗く純粋な笑顔。十年ぶりにもかかわらず、すぐさま彼だと気づけたのは、その笑みが懐かしかったからかもしれない。

そんな彼が唯一おしゃれしているのは、胸元で揺れるちゃちいネックレスだ。

小さい頃から身につけていた一品。どうやら本当に爽太で間違いないらしい。

「雫、ひとり暮らしなんだな。自炊とかしてんの？」

「え、ええ。それなりには」

「ホントに？　かっぱ寿司に入り浸ってんじゃねぇの？」

「何でかっぱ寿司限定なんですか。そんなことありません」

「うっし、ならまずはお部屋チェックだ。お邪魔しまーす」

「ちょっと、何してるんですか」

「うひょー、女子大生のひとり部屋ー」

「爽太さん！」

昔馴染とはいえ、自室を覗かれることに慌てたわたしは引き留めようとするも、爽太にとっては年ごろの男女であることより幼馴染であることの方が重要らしい。部屋に上がりこむなり「雫、もうちょい掃除した方がいいと思うぜ」と笑っている。違います、たまたま昨日嫌なことがあっただけで普段はちゃんとしています。

しかし彼は自分で訊いておきながら、もうどうでもよくなったのか。

あろうことか、わたしのベッドへとダイブするのだ。

「何をするんです」

「うおお、なんつーいい匂いだ。これが女の匂いか」

「セクハラです！」

「何でもセクハラに繋げるのはどうかと思うぜ。それよりこのベッドでかくね？」

「え、ああ、これは健康のためにストレッチができるよう――」

「まさか男か！　男をはべらせるためにでかいの買ったのか！」

「話聞いてます⁉」

「くぁ～マジかよ。かわいい顔してハーレムを目論んでやがるとは」

「そんなことしませんって。そうじゃなく」

「この、いやらしずく！」

「いやらしずく⁉」

その瞬間。ぶちーんと何かがちぎれる音がした。

「ったく、俺という男がいながら油断も隙もないぜ。雫の『し』は、しっぽりの『し』だな。んでもって『ず』は、ズコバコの――」

「いい加減になさい！」

「あがぁ！」

ガインと。我が家のお掃除ロボット、ルンバちゃんが景気のいい音でＫＯする。

寝そべる彼は「雫……ナイスツッコミだけど、もうちょい柔らかい素材で頼むぜ」と呻《うめ》いているが知ったことではない。ぷいとそっぽを向いてやった。

「だはは。変わんねーな、俺たち」

「あなたが子供なだけです。一緒にしないでください」

そんなわたしの思いを他所に、爽太はもう復活した様子でけらけら笑う。その笑顔と、乱暴ながらも心地のいい口調を聞いていると、怒っているのが馬鹿らしくなってきた。

「それで、一体何をしに来たのですか」

なので怒りをため息で吹き飛ばし、訊ねてみると。

返ってきたのはちょっと意外な言葉だった。

「何って決まってんだろ。約束を果たしに来たんだよ」

「約束？」

「何だよ。もう忘れちまったのか」

寝そべったままの彼と目が合う。心を見透かすような綺麗な瞳。なぜか顔が熱くなる。

その理由を、ずっと前から知っている気がする。

「魔女のお仕事。一緒にやるって約束したろ」


少し長くなりますが、いい加減わたしたちの関係について説明しておきましょう。

ひとつ年上の、陽気で能天気でアホでお馬鹿なぱっぱらぱー少年こと爽太。彼はいわゆる幼馴染でした。

出会ったのはわたしが八歳で、彼が九歳の時。当時暮らしていた、山奥にある祖母の家でのこと。その時のことは今も鮮明に思い出せる。

「ちーす。俺、爽太。ちんちくりんのおまえは？」

「は？」

第一印象は割と最悪でした。あなたも大概ちんちくりんでしょうに！

それでも、出会ったのがまだ無邪気な幼少期だったからでしょうか。

「うし、挨拶終わり。遊びに行こうぜ」

「え、え」

「こっちこっち。川に連れてってやるよ」

「でも、わたし泳げない」

「それくらい教えてやるって。時代はバタフライだ」

「ばたふらい？」

その後の会話は覚えていない。

でも、その日からもう友達だったことは覚えている。

「またなー、雫」

「うん。ばいばい」

「おいおい雫。モテる女はそこで『会いたいからまた来てね』くらい言わねーと」

「ええ？」

「ほら。ヘイ、セイ、カモン」

「う……じゃあ、会いたいから、また来て、ね」

「うーわ。初対面の男にまた会いたいとかすげぇ尻軽だな。恥ずかしい奴だぜ」

「な――っ」

「しょうがねーからまた来てやるよ。じゃあなー恥ずかしずく」

「恥ずかしずく⁉」

「やれやれ。モテる男はつらいねぇ」

「二度と来ないで！」

爽太は今まで出会ったどの男の子とも違っていて。

からかわれてばかりなのに、その笑顔を忘れられなくて。膝を擦りむいた時におぶってくれたり、夕立がきた時に自分の肩を濡らしてくれたり、粗暴さの中に優しさが見える度、絆《ほだ》されていって。そんな彼に男の子を感じたのは、しばらくした頃だった。

都会に馴染めなかったわたしが、両親のもとを離れて田舎に来たことや、それでもまだ学校に行けていないことについて話した時。

悲しい顔をするわたしを慰めてくれるのかと思いきや、彼は意外にもひと言、

「俺がいるからべつにいいじゃん」

と、ふて腐れながら言ったのだ。

その時は何で爽太が怒っているのかわからなかったけれど、夜中にお布団でその意味を考え出すと、ドキドキが止まらなかった。幸い（？）まだ幼かったので翌日には収まっていたけれど、あの時からわたしの心臓は彼専用だ。

なぜ仲が良いのかを訊かれる度に、彼が里親の元で暮らしていることや、学校に行っていないところが似ているからと答えた。でも本当はそんなのどうでもよかった。あの時のわたしはどれほど自覚していたのだろう。

そんなわたしたちだからこそ、あの約束を交わしたのだと思う。

「魔女の使命？」

「そう。それを果たすのがわたしのぎむなんだって」

夏の入り口が姿を現す六月中旬。梅雨はどこへ行ったと思うほどに暑い昼下がり。駄菓子屋で買ったソーダアイスを手に、艶めく草むらのうえでそんな話をした。

早鳴きするセミの声に、遥か彼方より照らしつける眩い太陽。

昨日雨が降ったせいだろうか。辺りからはむわっと草いきれが香ってくる。

なんだか絵に描いたような初夏の景色。空は雲ひとつない快晴だった。

「遠い昔から受け継がれてきた魔女の血筋。おばあちゃんから孫へ、そのまた孫へ。そうして続いてきた魔女なんだけど、次はわたしの番らしいの」

「へぇー。そういうのってマジであるんだ」

おばあちゃんからその話を聞いたのは、爽太と出会って一年ほど経った頃だった。

——生涯のうちにすべての魔導具を使用せよ。

わたしの家系は魔導具と呼ばれるものを六つ所有しており、それは魔女にしか使えない代物だった。それぞれに固有の能力があり、使い終えると眠りに就いて、孫の代に継がれた時に再び使えるようになる。そんな不思議なアイテムを、世のため人のために使うことが魔女に課せられた使命だった。

「すげぇじゃん。その魔導具はもう雫が使えるのか?」

「いくつかルールがあるけどね。基本的には、もうわたしの物なんだって」

うきうきした気分を隠せず、足をぴこぴこさせながら応えた。

おばあちゃんからこの話を聞いた時はとにかく驚いた。同時に、天にも昇る気持ちだった。魔女が現代にも存在するのは本で読んだことがあるけれど、まさか自分のことだったなんて。魔導具を見せてもらい、これが自分のものになると知った夜は興奮で眠れなかった。おばあちゃんが魔女だったなんて。そして今度はわたしが魔女になるなんて!

魔導具はどれも期待を裏切らないロマンチックなデザインだった。黒いとんがり帽子に、いかにもな雰囲気の分厚い予言書。中でも、箒に装着することで空を飛べる風切羽には特別興味を惹かれた。九歳の少女を惑わすには、それらは十分すぎたのだ。

ただ、問題がひとつあって。

「それでね、爽太。相談なんだけど」

「ん？　何？」

「ここってすごく田舎じゃない。人も少ないし、いるのは虫ばっかだし、お隣って言っても平気で数キロ離れてたりするじゃない」

「まあなー。人間よりムカデ探した方が早いもんな」

「一ヶ月もすれば夏休みだし、そうすれば学校にも行かなくなるじゃない」

「今も行ってねーじゃん」

それはいいのと腰を折る爽太に叫ぶ。彼はいたずら顔でにゃははと笑う。

きっと爽太は、わたしの悩みなんてお見通しだったのだろう。

笑い終えた後、凛とした声でたすけ船を出してくれるのだ。

「ＯＫ。魔導具を使った人助け。俺が手伝うよ」

「ほんと？」

彼の言葉に、幼いわたしはぱあっと顔を明るくする。

今思えば、あの嬉しさは協力者ができたゆえか、それとも別の理由か。

何にせよ当時のわたしは深く考えず。

「約束よ、約束」

「へいへい。ゆーびきーりげーんまーん」

「嘘吐いたら毒ガス地獄でごーろす。ゆびきった」

「待て待てタンマタンマ。何だその物騒なゆびきりは」

「だってわたし魔女だもん。これくらい普通だっておばあちゃんが言ってた」

調子に乗った時のわたしは、爽太すら寄せつけないイケイケガールだった。

そのうえ、さらなる要求をねだるのだ。

「ありがとう爽太。じゃあお礼に夏休みの自由研究を手伝わせてあげるね」

「は？」

「今年は星を研究することにしたの。知ってた？　北極星って時代ごとに変わるのよ」

「ちょっと待て雫、今――」

「川を越えたところにおっきい山があるでしょ。あそこのてっぺんだと星がよく見えると思うの。あそこで夜空を眺めながらやりましょ」

「いやそれはいいんだけど、俺が手伝うってのは」

「かわいい女の子と一緒なんだから男の子は嬉しいでしょ。山に登る時は手も繋いであげる。夏休みの初日に、約束ね」

「初日からやんのかよ」

「わたし夏休みの宿題は夏休み前に終わらせるタイプなの」

「それもう夏休みの宿題じゃなくね？」

透き通る青空は吸いこまれそうなほど爽快に煌き、向かい風は声を大きくする。生きている人間は自分たちだけなのではと思うくらい広い空の真ん中にて、わたしたちは確かに心臓の鼓動を轟かせていた。

小さくて微かな、今も忘れられない懐かしい記憶だった。


「んだけどさぁ、結局色々あってあの約束果たしてないじゃん。それがどうにも気になって。それで帰って来たんだ」

「はあ」

時を現在に戻して２０１８年。七月下旬。天気は晴れ。

世間から見ればまだ若いけれど、それなりに身体が大人になったわたしたちは現在、近所のファミレスにてデザートをつついていた。

べつに移動する必要はなかったのだけれど、爽太が「ケーキ食おうぜ。『おいしさギュッとぶどうスイーツ』がうまそうなんだよ」と言ってきかないので、ここまでやってきたのだ。さて、このわがままな御仁は自分の分を支払ってくださるのでしょうか。バッグひとつ身につけていない様相がどうも不安にしてくれます。

なので、少し問い質してみる。

「久しぶりにお会いできた理由はわかりました。そのうえでいくつか質問させてください」

「おう。どんと来い」

「まず、今までどこで何をしていたのですか」

「んー、男を磨く旅ってやつかな。早起きは三文の徳って言うだろ」

「まったく意味がわからないのですが……」

のっけから意味不明な回答をする幼馴染にげんなりしてしまう。どうせ真面目な答えは返ってこないと思っていたけれど、まさかここまでとは。

それでも気を取り直して質問を続けてみる、が。

返ってくる答えは、どれもちんぷんかんぷんなものだった。

「今住んでいる場所は？」

「そうだ、しばらくお世話になるんだった。よろしくおなしゃっす！」

「仕事は？　大学に通っているわけではないですよね」

「まあな。何たって雫を幸せにするのが俺の仕事だからなー」

「お金は？　まさか借金なんてしてないでしょうね」

「あー、うん。それは大丈夫……なはず。ちゃんと土下座もしたし」

「ちょっと、本当に借金してるんですか？」

「いや大丈夫だって。お姉さんたちに夜通しでご奉仕したから、ほんと」

「怪しいですね。まさか行きずりで子供を作ったりは」

「だはは、それはねーよ。むっつりな雫じゃないんだから」

どういう意味ですか！

「はあ……」

頭が痛くなり、おでこに手を当て俯いてしまう。爽太……いつの間にこんなダメ男になっていたのですか。昔はあんなに愛らしいお子様だったのに。もしかしてアレですか。ヒモですか？　ヒモになりに来たのですか？　大事な仕送りをパチンコに費やすためにわたしのもとを訪れたのですか？　だとしたらここは断固として拒否しないと。最近の若い人は甘やかすとすぐにつけあがりますからね。そんな顔をしても駄目ですよ。ちょっといい感じのイケメンに育っているせいで、母性本能からいい子いい子してあげたくなってしまうのは事実ですが、今のあなたは女性の家に入り浸っては酒を飲み干し子供を産ませ、ＤＶに明け暮れるゆとり世代なのですから。ここは幼馴染としてガツンと――。

「つーかさ。俺も気になってることがあるんだけど」

「え、はい。何ですか」

などと堕落した幼馴染の更生プランを練っていたわたしに、質問が飛んでくる。

「あれから十年経ったけどさ。魔女の使命、ちょっとくらい進めたのか？」

「ああ、その話ですか」

この質問がくることは予想していたので、澄ました顔で応じる。

いいでしょう。ご説明しましょう。

「この十年でさとりました。平成も終わるこのご時世に、魔女は不要だと」

「ひゅー。こじらせまくってる予感が半端ないぜー」

おどけながら爽太は失礼なことを言う。

こじらせてなどいません。わたしは理解しただけです。

現代日本において、いかに魔女が無用であるのかを。

「いいですか爽太さん。幼いわたしは魔女という非日常に対し、一時は憧れを抱いておりました。しかし今ならハッキリとわかります。魔女なんてべつに世の中に求められていませんし、そもそも魔導具はダサいのだと」

「だ、ダサいって」

呆れ顔の爽太を前に、涼しい顔で続きを述べる。

べつに間違ってなどいません。現代において魔導具は古いのです。

透明になる帽子なんてロクな使い道がありませんし、空を飛びたければヘリコプターで十分です。そもそも箒で空を飛ぶという考えが古く、こんなステレオタイプを現代で再現することの何と恥ずかしいことか。ＳＮＳで晒し者になる未来が見え見えです。時代はルンバちゃんです。

「何より魔法を使って人助けというのが今の社会に合っていません。前提として人はひとりで生きていくべきです。いざとなったら助けてくれるという考えは甘えを生み、怠惰に繋がり、熟年離婚からの第三次世界大戦を発生させます。無用な人づきあいや物欲を捨て、休日は家から出ず、自分のことは自分でする。今の世の中にはそういった意識が足りていません。隙あらば友達や恋人といった非合理的なものに時間を割いては『北条さんっていつもひとりだよね』『モテそうなのに彼氏いないんだ』といった脳味噌三センチレベルのことをのたまっていますが、わたしは〝あえて〟ひとりを貫いているのです。恋人なんてその気になれば三千人くらい用意できますが、そうすることがまさに時間の無駄であり、そうならないようおひとりさまでいることが合理的な――」

などなど。

その後もわたしはいかに魔女の使命を放棄することが適切であるのかを述べてやりました。べつに悔しくなんてないと。強がりではないと。歯を食いしばりながら涙目で枕をぼふぼふしたのは、愚かな同級生を正せない自分の未熟さが許せないからだと、そう言ってやりました。

しかし、だというのにだ。

「うわー、雫……ちょっと見ないうちにどんだけひねくれてんだ」

爽太は渋い顔で呟いたかと思うと、

「昔はあんなにかわいかったのに」

「さとり世代が雫を変えちまったのか」

「おっぱいだけは昔のままなんだけどなー」とぼやき始めたので「何か？」と訊ねること「いえ何も」と黙らせてやりました。人が気にしていることを……。

「とにかく、そんなわけですからこのご時世に魔女は不要です。そもそも何のために魔女の使命があるのかわからない以上、続ける必要もないでしょう。いい機会ですからわたしの代で魔女を終わらせてやろうと思います。それこそが――あれ、爽太さん？」

ただ、ここで予期せぬ事態が襲う。

気持ちよく演説するわたしの前でハムスターのごとくケーキをもぐもぐ食べていた爽太が、突如、ドリンクバーの方へとすたすた歩き始めたのだ。そして、そこにいた見知らぬ白人の方と何やら話し始めるのである。

「イエス。おっす、ハローハロー」

「オー。うん、イエス。イエスイエス」

「サンキュー。おう、超サンキュー」

「ソーリー、にゃはは。シーユー」

（？・？・？）

爽太のとても英語とは呼べない何だかよくわからない語が一方的に飛び交う不思議な光

景を見守るも、用が済んだのだろうか。白人の方に手を振った爽太は、何事もなかったかのように席に戻ってきた。

「悪い悪い。何の話してたんだっけ」

「今の方はお知り合いですか」

「いや、知らない人」

「じゃあ何をしてたのですか」

「ドリンクバーの使い方がわかんなかったみたいでさ」

「あ、そうでしたか」

「んだけどフランス人だったから全然英語通じなかったぜ」

「え」

「まあ俺、英語喋れないんだけどな。にゃはは」

「な――じゃあどうしたのですか」

「めっちゃあの人困ってたな。ドリンクバーそっちのけで俺の相手しようと必死になってたよ」

「余計困らせてるじゃないですか！」

　呆れて物も言えないわたしに、爽太は「ソーリー。いや、フランス語じゃ何て言うんだろ。フランソワーズ？」などとピンボケしたことを言っている。もう、何ですかこのやりとりは。いちいち話の腰を折るんですから！

　そんな小さな怒りを、しかし爽太が気にするわけもない。

「話戻すけどさー。魔女の使命だけど、やっぱりやった方がいいと思うんだよ。きっと意味があるから受け継がれてきたんだろうし」

　フランスの方のことなどもう忘れたかのように、オーバーな素振りでぼやく。

「人助けこそ魔女の使命！　最高じゃん。雫の優しさを見せつけてやろうぜ」

「世の中は優しい人が損するようにできているので、優しい人にはなりません。何度も言いますがわたしは」

「うっし決めた。俺が最初の依頼人になってやるよ」

「聞いてます？　さてはわたしの話を聞いてませんね」

　マイペースな彼に脱帽するしかない。一体どんな頭をしていたらそうなるのですか。どれ、耳の穴を見せてごらんなさい。きっとダンゴムシでも詰まっているのでしょう。

　耳の通りを良くするためにメニューをめくって電動ドリルを探すも残念ながら見当たらず。ならばとばかりに店員さんを呼んでハンドミキサーでも借りようかと思ったのですが、爽太は爽太で言い出したら聞かない性格。

「やろうぜー。やらないと大声でだだこねちゃうぞ」

「アパート中に聞こえるようＢＬアニメを大音量で流しちゃうぞ」

「ゴミ袋の中にイケメンアニメフィギュアを大量に入れて『さようならわたしの彼氏たち。今まですてきな夜をありがとう。雫より』ってメモを貼っ付けてご近所さんを震撼させちゃうぞ」などと言い出すのだ。「こ、この」と歯ぎしりするも拳を緩めるしかない。この子ならやりかねない事実が戦意を奪ってゆく。

「はあ……しょうがないですね」

「っしゃあさすが雫、やってくれると思ってたぜ！」

　結局、すったもんだの末に辿り着いた結論はそんなものだった。ガッツポーズで笑う爽太にため息をぶつけるしかない。

（…………）

　ただこの時。呆れながらも、少しの安堵を抱いている自分に気づいていた。

　なぜなのか。その理由をわたしは知っていたのかもしれない。

「で、どれを使います？　魔導具については覚えてますよね」

「そうだなー。どれにすっかな」

　半ばやけくそになったわたしとは対照的に、爽太は楽しそうに思案する。無邪気なその顔は幼い頃を思い出させて、何だかかわいかった。

　そうして、しばらく経った頃。

「よし決めた。空間移動できるあの杖にしよう」

「『アルハザードの杖』ですか。どこか行きたい場所でもあるのですか」

「ああ。あそこに行きたいんだ。関西の――」

「え、そこって――」

何気ない問いに返された意外な答え。

驚くわたしに、爽太は大きく頷き告げた。

「行こう雫。俺たちが育ったあの山へ」


魔導具には、いくつかのルールがある。

当代の魔女にしか使えない。

自分のためではなく、誰かのためにしか使えない。

それぞれ固有の能力を持ち、一回ずつしか使えない。

使い終えると魔導具は眠りに就き、孫の代に継がれた時に再び目を覚ます。

北条家に受け継がれている魔導具は以下の六つだ。
①『アルハザードの杖』
古めかしい木製の大きな杖。

空間移動の力を持ち、杖で円を描けばその中にいる人を好きな場所へと移動させる。

ただし制限時間があり、三時間経つと元の場所に戻されてしまう。

②『ナザルの双子の指輪』
二つ一組の銀色の指輪。
入れ替わりの力を持ち、各々が装着することで互いの精神を入れ替える。
ただし入れ替わった二人は、感覚を共有することとなる。
③『リュネットの黒帽子』
漆黒の、いかにも魔女を思わせるとんがり帽子。
透明になる力を持ち、魔女が装着することで周囲にいる人間ごと透明にする。
ただし一度透明になると、三時間は強制透明状態が続く。
④『アメル・シーブの砂時計』
薄透明の砂が流れるレトロな砂時計。
時間を移動する力を持ち、ひっくり返すことで過去に戻ることができる。
ただし過去で何をやっても未来を変えることはできない。
⑤『シビュレの予言書』
全ページ白紙の古びた本。
用途不明。
おばあちゃんいわく自ら使い方を探せとのこと。
⑥『ガルダの風切羽』

魔女が一人前になることで効果を発揮する最後の魔導具。

箒などに装着することで、一定時間空を飛べるようになる（箒でなくとも可能）。

使命を果たした魔女へのご褒美アイテムといわれている。

以上、これらをすべて使用することが魔女の使命である。

「ひゅう、何かドキドキしてきた。なあなあ雫、早くやろうぜ」

「急かさないでください。わたしだって使うのは初めてなんですから。それよりあんな田舎に何をしに行くんですか」

「ふふふ。雫の初めて。ひと気のない山奥。何をするのかな～」

「いい加減そのピンク色の脳味噌を訴えますよ」

ファミレスを出て自宅に戻ったわたしたちは、そんな会話をしながら魔導具を机の上に広げていた。昨日わけあって収納棚から引っ張り出していたのが功を奏した。「何で引っ張り出したの」と訊ねられたけど、面倒なので「掃除のついで」とだけ答えた。

「さて、では実際に使ってみましょう。今回は『アルハザードの杖』ですね」

「うおお、魔女っぽい。魔女っぽいぞ」

「この杖はアドと呼ばれる古の部族が作り出した杖です。かつてはクトゥルフ神話に登場するアブドゥル・アルハザードが所有した伝説もあり――」

「んなことといいから、はやくはやく」

「……そうですね」

話の腰を折るのが上手な幼馴染にため息を吐く。ええそうですね。おこちゃまに難しい話をしたわたしが愚かでしたね。今の話は脳味噌プリンちゃんにはむずかしかったでちゅねー。ダサい逸話なんて無視してさっさと始めましょうか。

というわけで、不機嫌になりながらも予言書の一ページ目に要件を書き記す。魔導具を使用する際には、使用する魔導具と、何のために使用するかを『シビュレの予言書』に記入する必要があるからだ。これを行うことで魔導具を使うための試練が提示されるらしく、あとは魔女自身がそれを達成すれば使用可能になるのだとか（ただし『シビュレの予言書』と『ガルダの風切羽』に関してはこのルールが当てはまらない）。

今回は爽太が田舎に行きたいとのことなので、誰かのためにという条件はクリア。ならばあとは、提示される試練をわたしがクリアすればいいのだけれど。

「うお。マジで文字が浮かび上がってきた」

じわりと。黒いインクがにじむように、白紙だったページに文字が現れる。

魔女に興味を失くしたとはいえ、いざ目の前に非日常が現れるとそわそわしてしまうのは人の性でしょうか。

魔女に与えられし古の試練。果たしてそれは。

ごくりと唾をのむわたしたちに、いざそれが示される。

『カラオケでポップな曲を百曲熱唱♪　心はオタクに人気のアイドルだ☆』

「…………」「…………」

……さて。

「ちょいちょい待て待て雫！　何で魔導具を捨てようとしてんだ⁉」

「大変申し訳ございませんお客様。どうやらこの商品はとんだばったもんだったようです。実に見事に騙されました。わたしは魔女でも何でもないただの美人な女子大生だったようです。つきましてはこの商品を盛大に粗大ゴミに出すことで」

「いや本物だって！　文字が浮かびあがってきたじゃん、いったん落ち着けって！」

ゴミ箱ダンクしようとするわたしと、そんなわたしを背後から抱き止める爽太。

とても二十歳前後の男女とは思えない滑稽な時間を過ごすことしばらく。

ぜえぜえ息切れしながら必死の抗議をする。

「あり得ないでしょう、古の試練がカラオケだなんて。太古より継がれてきた魔導具の試練がカラオケって——雰囲気ぶち壊しじゃないですか！　趣のある占い屋に行ったらカード決済しか認められず、思い切り最新のカードリーダーにて暗証番号を入力させられた時と同じ気分です。あの時のわたしの冷めようと言ったら、五軒も回ってやっと三十までに結婚できると言ってくれる店を見つけたと思ったのに——」

「落ち着け雫。そういう小さなささくれが人をさとり世代にするんだ。とりあえずそのカッターナイフを机に置くんだ」

　その後もわたしは懸命の抗議をした。「ありえない」「合理性に欠けます」「男女でカラオケなんていかがわしい」「一身上の都合で」「だってだって」。しかし爽太もわたしの扱い方をよくわかっている。

「これも試練だって」「ストレス発散になるかもよ」「ストレスなんてない？　んなキレながら言われても」「ストレスのないやつはさとり世代を自称しないよ」「んなこと言ってるから結婚できないって言われるんじゃ」　などなど。

　ムキになってしまったわたしを誰が責められよう。

　結局わたしは爽太に乗せられるまま、カラオケルームに来てしまっていた。

「そ、そのーはるのー、か、かおりが～～～♪」

「ぎゃははは！　いいぞ雫、悪魔も泣き出す魔女の歌声だ！」

　余計なお世話です！　歌なんて心がこもっていればいいとおばあちゃんが言ってました！

　真っ赤になりながら熱唱するわたしは、恥じらいを通り越してやけくそだった。運の悪いことに飲み物を持ってきた店員さんが学部の同級生で、はじけるわたしをそれこそ魔女でも見たかのように凝視していた辺りで考えるという行為を放棄した。爽太さん、次の曲は盛大にストレス発散できる曲でお願いします。

そんなこんなで気づけば夜の八時過ぎ。

七月下旬の気温のせいか、はたまた別の何かのせいか。身体が火照りまくりの中、ようやく試練を達成したわたしたちは近くの公園へとやってきていた。

「あー腹痛ぇ。あれだな。雫はマンドラゴラ界のアイドル目指せそうだな」

「ありがとうございます。それはさておき、あそこにある大きな石は爽太さんの頭によく似合うと思うんです。ガツンとぶつければいい音が鳴りそうという意味で」

言いつつも疲れていたわたしは石を持ち上げる元気もなく、地面に雑な円を描いていた。ただでさえお馬鹿な爽太へのツッコミで忙しいのに、百曲も歌わされるなんて。本当に厄日だと言わざるを得ません。

しかし、魔女のやる気と魔導具には特に関係がないようで。

杖で円を描ききった瞬間、ふわりと身体が宙に浮いたかと思えば、なんとあっさりしたことか。情緒もへったくれもない。直後にはもう空間移動に成功していた。

「うおお！　すっげぇ、マジで帰って来たよ。うわ、なつかしー」

「そうですね」

感嘆する爽太に平坦な声で相槌を打つ。

鬱蒼と木が茂る真っ暗な山道。

靴底に感じる、土と砂利のごつごつした感触。

辺り一帯からは闇夜を覆い尽くさんとばかりに鈴虫の声が響く。ひやりとした山の空気に植物の濃い香りが混じり、鼻孔をくすぐる。都会とは似ても似つかない原初の景色。わたしたち以外誰もいない空間。

間違いない。記憶と違うところはあるものの、五感がこの景色を知っている。

わたしと爽太は、かつて共に過ごした山へと辿り着いていた。

「思い出すなーこの暗い坂道。渚《なぎさ》ちゃん主催で肝試ししたよな」

「そんなこともありましたね」

「にひひ。雫が『これは汗です！』て叫んでたの覚えてるぜ」

「あの日はとても暑く、通気性の悪いスカートでしたから」

くう……覚えてましたか。痛恨の記憶に顔をしかめる。

一方、爽太はわたしの悔しさなど露知らず、ぱっぱと歩き出す。

「そんじゃあ行くか雫。こっちこっち」

「そういえば結局、何をするつもりなんですか」

「着いてからのお楽しみ。さあて歌でも歌いながら歩くか」

「歌はもう結構です」

「そう言うなよ。雫の呪文は熊除けにちょうどいいんだって」

「呪文とは何ですか！」

だははと笑う爽太の背中にパンチを入れる。爽太は一層笑う。悔しくてわたしはそっぽを向く。それでもやっぱりわたしたちは幼馴染だ。いつの間にか怒りを忘れ、思い出話に花を咲かせていた。あんなこともあった。こんなこともあった。灯りすらない暗い山道。人のいない隔離された空間。そんな場所だけれど二人なら怖くなかった。むしろ今なら熊が出てきても勝てる気さえした。

そうして、どれくらい歩いた頃だろうか。

何となく会話が途切れたタイミングで、わたしはひとつの思い出に浸っていた。忘れていたわけではないけれど、思い出そうとしたわけでもない。

今はもういない大切な人――おばあちゃんとの思い出に心を預ける。

――雫。どんな時も心のままに生きるんだよ。

――どうして？

――雫の顔がかわいいからさ。美人はわがままでも許されるのさ。あっひゃっひゃ。

わたしのおばあちゃん――北条渚は、世間一般でイメージされる田舎のおばあちゃんとは桁外れな性格をしていた。二人暮らしを始めて、すぐにそれを知った。

「糠味噌の似合う田舎のおばあちゃん。あたしゃそんなものに興味はないね」

「じゃあ何に興味があるの？」

「今のブームはヘビメタだね。ヘッドバンギングってのをやってみたいけど、血圧が上がりそうでねぇ」

「おばあちゃんやめて。そんなことで入院でもされたら素直に悲しめない」

今思えば本当に変な人で、破天荒な祖母という表現がしっくりくる人だった。夜な夜なピアノではなく、通販で買ったベースをかき鳴らすおばあちゃんは間違いなく変人だったと自信を持って言える。

でも、そんなおばあちゃんが大好きだった。

「いいんだよ雫。学校なんて行きたい時に行けば。急かす教師には『そんなにわたしに会いたいのとかロリコンなの？』と言ってやるんだ。ん？　ロリコンとは何かって？　人の道を外れた悪魔の権化さ」

「おばあちゃんはいつだって雫の味方さ。だからおばあちゃんが株で大損したことはお母さんには内緒だよ。ん？　株とは何かって？　魔女すら欺く魔人たちの駆け引きさ」

「いいかい雫。ムカつく男子には問答無用で金玉パンチさ。卑怯だと罵られたら『そんなものをぶら下げながら女を怒らせる方が悪い』と言ってやるんだ。これを男女平等と呼ぶのだよ。いーっひっひっひ」

自分勝手ではちゃめちゃで、でも、物語に出てくるどのおばあちゃんよりも面白くて。そんなおばあちゃんと一緒にいられるのが楽しくてしょうがなかった。何より幼いわたしにとって、おばあちゃんは本当に憧れの魔女だったのだ。

「魔女ってのはね。いつの時代も人々に幸せを運ぶものさ。雫もきっとそうなる」

「どうしてわかるの？」

「魔女とはそういうものなのさ。某映画でも色々運んでいただろう。あたしゃ孫の誕生日にあんなマズそうなパイを焼いたりしないから安心しておくれ」

「あはは……」

「何にせよ雫はきっと立派な魔女になる。人の痛みを知る分、多くの幸せを運べるのさ。おばあちゃんには見えるよ。雫がたくさんの人々に幸せを運ぶ姿が」

そのひと言だけで嫌なことを忘れることができた。

おばあちゃんは間違いなく幸せを運ぶ魔女だった。

「渚ちゃーん。雫借りてくぞー」

「爽太ぁ、雫にケガさせるんじゃないよ。ケガさせたら毒ガスでぶっ殺してやるからね」

「怖ぇよ。渚ちゃんならやりかねないのがマジで怖いって」

「あははは」

いたずらだけれど心優しい爽太。

男には小学生相手でも「ちゃん付け」で呼ばせるおばあちゃん。

今とは似つかない、立派な魔女を目指していた頃のわたし。

わたしたちは、本当に幸せの中にいた。

――。

「っと雫、危ないぞ」

「え――あ、ごめんなさい」

と、次の瞬間。不意にかけられた声により、意識を現実に引き戻す。

随分と呆けていたようだ。気づけばわたしは山道から足を踏み外しそうになっていた。

「この辺は荒れたまんまだな。道路も全然舗装されてねーわ」

「そうですね。というかこの辺、立ち入り禁止区域だと思うんですけど」

「にしし。だろうな。だからこそ魔導具を使ったんだよ」

「もう、相変わらず勝手なんですから」

ため息を吐きながら、心臓のばくばくを必死に誤魔化す。

道を踏み外しかけたことではない。わたしの心が別の何かに捕らわれそうになっていたからだ。慌てて思い出に蓋をする。これ以上はいけないと思って。

道端で朽ち果てている、お地蔵さんを祀った小さな祠。それを前に、爽太が「タンマ。せっかくだから直しておこうぜ」と言いながら手入れする間に、踏み外しそうになった道の下を何気なく見やる。そこにはぽっかりと暗い闇があった。

幾重にも重なった木々が生み出す深い闇。心まで吸いこまれそうになる何もない黒。二度と帰って来れそうにないほどそれは淀んでおり、頭の奥で音が渦巻く。

手を差し伸べてくれるのは、いつだって彼ひとりだ。

「ほら雫。手繋ごうぜ」

「あ、はい」

何気なく伸ばされた爽太の手。随分と男らしくなったその手に、そっと触れる。

温かい。ほっとする。でも心までは預けないよう気をつける。

なのに指先を通じて伝わってしまう気がして、それがとても怖いと感じてしまった。

「うっし出発だ。確かこの向こうにまんじゅう池があったよな。懐かしいなー」

爽太は歩き出す。すたすたと何でもないことを話しながら。

わたしは手を引かれてゆく。黒い闇に心を残しながら。

誰もいない、明かりもない、その山道は虫の声でうるさいはずなのに、この時だけはしじまの底のように感じられた。蒸し暑い夜の空気が冷たく感じられた。

記憶の階段を降りるよう、わたしたちは歩き続けた。


「うおお着いたぞぉおおお！　いやっほ――――っ！」

「ぜぇ……はぁ」

歩きに歩きに歩き続け。

あっちにふらふらこっちにふらふら。あてがあるのかないのかよくわからず、何だかこのまま疲れ果てたところで「まあべつに目的地とかないんだけど、くたびれた雫を眺めるのも面白いかと思って。にゃはは」みたいなオチだったらもう全身の骨をバキバキに砕いてやるだなんて考えながらも、その心配は杞憂に終わり。

ようやく辿り着いた目的地とやらは、小高い山のてっぺんだった。

「雫もこれを機に体力づくりしねーとな」

「そんなものは不要です。いずれドラちゃんが誕生すれば問題ないとおばあちゃんが言って……けほ、けほ」

咳こむせいで強がりすら口にできない。そんなわたしに爽太は「コーヒー淹れてきて正解だったなー」と言いながら、家から持ってきた魔法瓶を取り出した。

「コーヒー苦手なんです」

「マジ？　おっこちゃま〜」

「あなたにだけは言われたくありません！」

むっとしたわたしはコップを奪い、くっと飲みこん――あれ、おいしい？

澄み切った空気のおかげか、山頂で飲むコーヒーはいつもより美味しく感じた。

「いい景色だと言いたいけど、暗くて全然見えねぇな」

「こんなものですよ田舎なんて。灯りがあって初めて綺麗に見えるんですから」

爽太の言うように、山頂の景色はただただ真っ暗で感動もへったくれもなかった。何だったらこの後ここから降りなければという絶望感でさらに視界が暗くなりそうなほどだ。自然の景色はテレビで見るくらいがちょうどいいのかもしれない。ただ、今のわたしたちにとってはこれでよかった。

あと一時間もすれば魔導具の効果が切れるので帰りの心配はしなくていいし、周りに人の気配すらないので夜中にもかかわらず気兼ねなく話せるのだ。都会で暮らす身としては随分と贅沢なことをしている気がした。しばらくわたしたちは、明日にはもう忘れてそうなどうでもいい話を交わした。

それがどうでもよくなくなったのは、ふとした質問がきっかけだった。

「それで、結局何がしたかったんですか。こんな山奥まで連れて来て」

「ああ、そだな。そろそろ話すか」

何気ない質問のはずだった。どうせふざけた答えが返ってくるとしか思わなかった。でもようやく理解する。彼のことをわかっているようで、何もわかっていないのだと。

彼はいつだって、わたしの支えになろうとしてくれたのだ。

「まあ最初に言ったアレが答えだよ。約束を果たしに来たっていうアレ」

「魔女の使命ですか？　だったらべつにこんな山奥じゃなくても」

「違うって。そっちじゃなくて」

「え？」

「星。自由研究。ちょうど十年前の今日が約束の日だろ」

「え、あ――」

ようやく気づく。空を示す爽太に釣られ、夜空を見上げる。

そこに広がるのは星々が織りなす巨大な星空。息切れして下ばかり見ていたわたしは、あまりにも壮大な美しさに今までまったく気がつかなかったのだ。

「綺麗」

「だよなぁ。こればっかりは都会じゃ見れないもんな」

呑みこまれそうな、ともすれば落ちてきそうな星の瞬き。真っ暗だったはずの夜が、急に光り輝く星の海となった神秘的な感覚。それらに包まれながら思い出す。

そうだ。確かに今日だった。七月下旬の夏休み初日。

わたしたちは十年前のこの日に、山頂で星を見ようと約束していた。

そして――。

「知ってるか？　北極星って数千年単位で変わるらしいぞ。今はこぐま座のポラリスが北極星だけど、二千年後くらいには」

「爽太さん」

「その隣の――うん？」

ここで、なぜだろう。

なぜかはわからないけれど、唐突にわたしの中で限界が来てしまった。

「雫？」

きっかけは何だったのか。今日が約束の日だと気づいてしまったからか。それとも、もっと根本的なことから目を逸らせなくなったからだろうか。

彼が楽しそうだから。わたしも楽しかったから。

きっと、たぶん、だけど、もう限界だった。

記憶の蓋が、激情によって壊されてゆく。

「爽太。訊いてもいい？」

「……ああ、いいよ」

優しい声で彼はわたしを包みこむ。爽太は優しい。わたしは爽太のことを何もわかっていないのに、爽太はわたしのことを全部知っている。

ずっとずっと昔から、あなたはわたしのすべてを知っていた。

「爽太、あなたは」

わたしは訊ねた。この世界が光を失くしたあの日のことを。

「あなたはどうしていなくなってしまったの。おばあちゃんが残酷に死んだあの日に」

「ごめんな、雫」

すぐ隣にいるはずなのに。

彼の声は、遥か遠くから聞こえた気がした。

大好きだったおばあちゃん。ただひとりの友達だった爽太。

幸せな日々が終わりを告げたのは突然のことだった。

「離して、おばあちゃんが待ってるの！」

「今はダメだ、救助が来るのを待つんだ！」

避難所となった学校の体育館で、嵐の屋外に出ようとするわたしを押さえながら、ほとんど話したことのない担任の先生は叫んだ。

台風でもない。地震でもない。

ただの大雨が人の命を奪うということを、生まれて初めて知った。

その日、わたしたちが暮らす山を未曽有の大災害が襲った。崖が崩れ、土砂が溢れ、木々が倒れ、道が壊れ。テレビの砂嵐のような雨の音。叫び声のように耳をつんざく風の音。このまま世界が終わるんじゃないかと思えたあの音は、今もわたしを震わせる。

家の中は泳げそうなほどに水浸しで。足の悪いおばあちゃんは柱にしがみつくしかなくて。たすけを呼ぶためにわたしが行くしかなかった。

「待ってておばあちゃん。必ず戻るから」

「ありがとう、雫」

それが最後の会話になるなんて思いもしなかった。

「おばあちゃん……おばあちゃん」

嵐の後、家に戻るもそこに姿はなく。随分と離れた場所で、死んだ人の肌が土のように冷たいのだと知った。二度とこれまでの日々が戻らないとも知った。

どれだけ寒かっただろう。どれだけ怖かっただろう。

水浸しで息ができなくて、流れてきた土砂に押し潰されて。本当に本当に大切な人が、こんな残酷な最期を迎えるなんて。

死は平和のすぐ側にある。あれ以来、わたしは雷に怯えることしかできやしない。辛くて悲しくて、どうしようもなくなったわたしは翌日から待ち続けた。

夏休みの初日。川の向こうの山のてっぺんで。

星の自由研究。爽太との約束。避難所に彼の姿はなかったけれど、きっと生きていると信じて。でも、爽太は現れなかった。

次の日もその次の日も。現実から逃げるように待ち、涙すら涸れ果てた頃。追い打ちをかけるよう奇妙なことが起こり始めた。皆が爽太という人を忘れたのだ。

学校の先生も他の大人たちも、里親の夫婦ですら、爽太という名前の男の子はいなかったと言い始めたのだ。そんなはずはないと叫んだ。でも、どうにもならなかった。爽太のクラスや苗字を訊かれても答えられなかった。爽太の家族構成も答えられなかった。大人たちはわたしを遠巻きに見つめるようになった。どうして彼のことを知ろうとしなかったのかと後悔した。人は失ってから後悔すると知った。

わたしは爽太の話をしなくなった。これが爽太とのあっけない別れとなった。

一生爽太を許さないと誓った。約束を果たさない彼を逆恨みした。

家から随分離れた場所で見つけた、彼のネックレス。それを机の奥にしまいこみ、二度と見ないと固く誓った。そうすることでしかわたしは自分を保てなかった。

わたしは東京に帰ることになった。

お父さんとお母さんはわたしを抱きしめ、謝っていた。怖い思いをさせてごめんねと、謝り続けた。何も悪くないのにずっとずっと。

馴染めなかった都会で、再び教科書や上履きを隠される日々が始まった。皆と同じように笑えず、皆の空気に溶けこめないわたしは格好のターゲットとなった。人見知りで不器用な性格は変えられない。わたしはわたしを守る必要があった。

気づけば両親に八つ当たりしていた。自分の弱さから目を背けるために、酷いことをたくさん言った。喧嘩して以来、親の顔を見たくないと思う日々が続いている。

あれから十年。わたしの人生はうまくいっていない。

さとり世代だと言い聞かせて、何とか自分を守っている。友達や恋人なんてできるわけがない。魔女の使命も考えたくない。魔女も魔導具も、思い出はわたしを苦しめるから。

人の幸せなんて願えない。どうやったら立派になれるのかわからない。魔女は幸せを運ばなきゃいけないのに、おばあちゃんの期待に応えられない現実がわたしを苛《さいな》む。

わたしはひとりじゃ何もできない。弱くて臆病でどうしようもない。

わたしは、わたしは――。

「昨日、親戚が集まったんです。従兄の結婚をお祝いして。でも、おばあちゃんは親戚づきあいが薄かったからでしょうか。その日が命日だと誰も気づかなくて。おめでとう、おめでとうって。わたしはそれがたまらなく悔しくて。たまたまです。たまたまその日に結婚の報告が重なっただけで、誰にも悪意はなかったんです。でも、やっぱりその日は特別で。昨日じゃなければ何も思わずに済んだのに」

「そっか。それで魔導具を引っ張り出してたんだな」

爽太の声に、こくりと頷く。

その振動で、目尻に溜まっていた涙が零れ落ちる。

「もしかして雫、お祝いの場でやらかしちゃった?」

「……」

「だはは。じゃあきっと渚ちゃんはガッツポーズで喜んでるな」

「……そうかな」

ひとりぼっちの心に、そっと爽太は寄り添ってくれる。肩を抱き、髪を撫で、その胸で涙を受け止めてくれる。ふと、彼の身体から草の香りがした。夏の息吹《いぶき》。生命の輝き。懐かしく美しく、もう二度と戻らない思い出がわたしを焦がす。ずっと求め続けていたもの。どうしようもなく涙が止まらなかった。

「ごめんな雫。ひとりにしちゃって」

「本当です。肝心な時にいないんだから」

そう告げながらも、不思議と怒りは消えていた。

なぜ。どうして。一生許さないと決めていたのに。

人の心なんていい加減なものだ。人は、結局ひとりでは生きていけない。一度友達になった人を、そう簡単には嫌いになれない。思い知る。わたしが本当に求めていたものを。やっと、ずっと、ようやく、こんなにも。

「爽太……爽太」

爽太の胸で、わたしは泣いた。

十年間、溜まり続けた悲しみを流し続けた。

泣きに泣き尽くして、いい加減涙も尽きた頃。

夜空の下で、わたしは小さな想いを打ち明けていた。

「あのフランスの方、嬉しかったと思いますよ」

「へ?」

甘えるよう、頭を爽太の胸に宿しながら告げる。

「声をかけてもらえて嬉しかったと思います。ひとりで寂しかったでしょうから」

「んーどうだろうな。今思えばやっぱ余計に困らせてたと思うぜ」

「それでも嬉しかったはずです。わたしなら、きっと」

ひとりぼっちの時に声をかけてもらえる嬉しさを知っている。わたしにはたすけを求める勇気がないし、手を差し伸べる勇気もない。あなたはそれを軽々やってのける。幸せを運ぶ魔女のように。そんなあなただから、ずっと、わたしは。

黒い宇宙の下。星が笑う夜。天の川は織姫と彦星を永遠に切り裂く。

彼も小さな心を零す。

「記憶がないんだ」

「え?」

後に思えば、彼が自分のことを話すのは初めてだった。

わたしは初めて彼の内側に触れる。

「いつからだろうな。気がつけば里親の所で暮らしていて、それ以前の記憶がなくて、でもそれを疑問に思わなくて。ただひとつ覚えていたのは『魔女の力になること』。それだけだ」

まっすぐ正面を見据え、爽太は語る。

彼の目には何が見えているのだろう。

「ある日渚ちゃんに道端でばったり会ってよ。それが初対面だったんだけど、すげぇ驚かれてさ。しかも無言で俺を抱きしめるんだ。さすがに意味わかんなかったな」

「おばあちゃんが？」

おうと頷き、爽太は続ける。

「んでもって今度は雫の友達になってくれって言うもんだからさ。それで雫に会いに行ったんだよ。後は知っての通りだ。言い出せなかったけど、魔女の話を聞いた時はビビったんだぜ。俺の唯一の記憶と重なったんだから」

「そうなんだ、知らなかった。おばあちゃんはどうして驚いたんだろう」

「さあなー。こればっかりはわかんねぇわ」

小さくため息を吐き、爽太はさらに紡ぐ。

「災害が起こったあの日、俺も濁流に押し流されてさ。ああ死んだなと思ったよ。実際にそこからの記憶がないしな。なのによぉ、気づいたら夜空の下にぽつんといて、身体は大人になってるうえに2018年だし、わけわかんねーのに雫のいる場所は感覚でわかるし。道行くお姉さんをヒッチハイクしながら、ひと晩かけて辿り着いたってわけよ」

「そうだったんだ……」

明かされる過去に沈黙する。

一体どういうことだろう。わけがわからない。爽太のことを皆が忘れたことと関係があるのだろうか。おばあちゃんは何か知っていたのか。だとしたら、どうして何も教えてくれなかったのか。わたしの中で疑念が膨らむ。

「でもまあよかったよ。意味不明だったけど、結果オーライだし」

「え？」

だけど、訝しむわたしと対照的に、爽太は笑顔で告げる。

「わけわかんねーけど、また雫に会えたから俺的にはＯＫだ。綺麗になったな、雫。マジで惚れ直した」

「っ、わたしはもともと綺麗です」

「にゃはは。そういう所も変わってなくて安心したぜ。うん、やっぱ雫が一番かわいい」

「もう、ばか」

恥ずかしい台詞を躊躇いなく告げる彼をずるいと思う。

火照る顔は当分冷めそうになかった。

「よっと」

星のさざめく夜の下。爽太は身体を反らし、勢いよく立ち上がる。

見上げた先の彼は大きく見えた。星空を背負う彼は、もう少年ではなかった。

「雫」

「何ですか」

「遅くなっちまったけど、魔女の使命がんばろうぜ」

黙するわたしに、寂しそうな瞳で彼は告げる。そこにいたのは、わたしの知る爽太ではなかった。

わたしの知らない彼の孤独が解き放たれる。

「俺は死んだと思っていた。あの日、俺の人生は終わったと思った。でも、そうじゃなかった。何でか知らねーけど、今ここに生きている。きっとそれには意味があるはず。俺はそれを知りたい。どこから来てどこへ行くのか。きっと雫をたすけることが俺の使命であり、俺を知る手がかりなんだと思う。俺は俺を知りたい。雫と一緒に」

世界の彼方を見つめて彼は紡ぐ。蹲《うずくま》るわたしへ煌く勇気が差し伸べられる。

彼は強い。泣きたくなるくらい眩しくて強い。どんな世界でも決して弱さを見せず、前を見ている。彼と一緒ならわたしも戦えるのではと思うくらい強くて愛おしい。わたしも果たして、彼のようになれるだろうか。

「魔女のリハビリ、一緒に頑張ろう」

「うん……」

無意識に頷いていた。すぐに思う。なぜ頷いたのかと。

自分を変えたかったから？　ひとりじゃなくなったから？
わからないけれど、わかっていることがあるとするなら、それはひとつ。
『雫。どんな時も心のままに』
（おばあちゃん）
心の奥でおばあちゃんに問いかける。
変われるだろうか。わたしは自分を変えることができるだろうか。
こんな世界でも心の底から笑うことができるのなら、わたしは。
「爽太、あなたはわたしをたすけてくれる？」
「当然だ。言っただろ。おまえを幸せにするのが俺の仕事さ」
ざわめく星空の下、魔女の魔法は力を失う。
青い光が包みこむ。ふわりと、心地よい感覚がわたしたちを誘う。
最後に見た追憶の山々は、いってらっしゃいと微笑んでいた。

十年越しの、夏の物語が再生する。

二章　魔女裁判

夢を見た。淡く遠い、陽炎のようにたゆたう記憶。

「いくぞー雫。よーい」

「待って。深呼吸、深呼吸させて」

暑い暑い夏の一日。入道雲がもくもくと厳かで、セミの鳴き声の切れ間から空の笑い声が聞こえてきそうな青々とした世界の端っこで。

わたしと爽太は、川で水泳勝負をしていた。

「よーいどん！」

「あ、もう」

深呼吸の途中だったのに、爽太がスタートを切るせいでわたしも飛びこむ。

川は浅く穏やかで、山奥の特権か、川底の石がくっきりと見えるくらいに澄み切っており、水は冷たくて気持ちいい。青空を切りとったような色の水着に包まれたわたしは、一心不乱に水をばちゃばちゃさせた。

「は、は、ぷはっ」

爽太に追いつくために、必死にクロールで水をかく。彼のバタフライはかなり速い。

まっすぐ進めている自信がないけれど、とにかく夢中で足をバタつかせた。

「ゴール。ふう、雫の方がちょっと早かったか」

「当然よ。それにあなたフライングしたんだからわたしの勝ちよ」

滴る水滴を拭いながら、ぜえぜえ言いつつわたしは強がる。今思えば爽太は手を抜いてくれたのだろうか。何にせよこれでわたしの十二勝目だった。

「これで俺の十四勝、十二敗だな。まだまだ先は長ぇな」

「見てて。すぐに逆転してみせるから」

当時わたしたちは幼い子供で、考えることも子供らしく。

水泳に限らず、じゃんけんでも何でも、先に百勝すれば負けた方に願いを叶えてもらえるといったゲームをしていた。べつに珍しくもない、ありがちな遊び。大抵は数字を忘れて一からリセットするので、百勝なんて永遠に辿り着けない数字となっていた。

「これ気持ちいいぞ雫。爽太の姿焼きー」

「あ、ずるい。わたしもやりたい」

「前にひとりでこれやってたら、鳥の糞が落ちてきてめちゃくちゃビビったわ」

「嫌なこと言わないでよ……」

川の真ん中より突き出た、子供が二人分寝転がれそうな大きな岩。日向で熱せられたそれは、濡れた背中を押しつけるとほどよく身体を温めてくれた。全身が太陽に包まれたように光が駆け抜け、心臓のばくばく音が耳の内側より響く。入道雲は白より白く、瞼の向こうで太陽が赤々と眼球を焼き尽くす。ふとももを伝う水滴がこそばゆく、濡れた水着がじとっと胸を包みこむ感触が気持ち悪い。腕の辺りはもう乾いてきた。この乾いた肌を、もう一度冷たい水につける感触が大好きだ。子供の頃は本当に何でもないことでわくわくできた。

「雫もだいぶ泳げるようになったな」

「うん。最近ね、足をぴんと伸ばした方が速くなるってわかったの」

「ほお、自力でそこに辿り着くとは、雫って意外に運動神経いいよな」

「当然よ。わたし、身体を動かすの大好きだもの」

岩の上で寝そべり、空に預けるよう声を交わす。

そうだ。わたしは運動が得意だった。インドアのイメージを持たれがちだけれど、走るのも泳ぐのもやればできるタイプだった。そんなことを思い出す。

「じゃあアレだな。箒で空を飛ぶ時もすげぇスピードでいけそうだな」

「最速の魔女を目指すわ。その時は魔女の騎士《ナイト》として爽太を後ろに乗せてあげる」

「雫の後ろか。振り落とされないよう気をつけねーと」

「わたしの身体を抱きしめればいいわ。他の人ならダメだけど爽太ならいいよ」

今思えばすごく際どい台詞だ。本当にあの頃は怖い物知らずの女の子だった。

「それより爽太。わたしが百勝したらだけど」

「おいおい。もう勝った時の話かよ」

話しながら隣を見る。爽太のだらりと伸ばした腕が視界に入る。ふと、その手を握りたい感覚に襲われた。結局、その手をどうしたのか思い出せない。

記憶の糸がゆるやかに切れる。水しぶきの煌きが世界を覆い尽くすように、思い出は真っ白のキャンバスとなる。この後わたしたちはどんな会話をしたのだろう。覚えていないけれど、長い別れが訪れる前に、わたしたちの勝負が一度だけ百に届いたことは覚えている。確かわたしが勝ったんだっけ。思い出せない。十年以上前の記憶だ。どんな勝負をして、どんな願いごとを交わしたのかも思い出せない。

でも、それはちっぽけで、だけどとても輝くものだったと記憶している。引き出しのどこかにしまった大切な思い出。わたしたちはあの日——。

懐かしく心地いい、それでいて儚い夢はここで終わった。


夏の都会をひとことで表すなら、地獄以外の何物でもないだろう。

立ち並ぶ家屋の窓は太陽を増殖させ、アスファルトは地獄の熱をお届けする。わたしがひとり暮らしをしているアパートも例に漏れず、眩い光に燦々《さんさん》と照らされ、唸る室外機が体感温度を上昇させる。緑が減ったはずなのにセミはお構いなしに根性を見せ、一方夏の悪魔である蚊は、ダウンしているのか一匹も見ない。

そんな、青空豊かな都会の七月下旬。懐かしの山を訪れた翌日。

大学は夏休みとなり、特にサークル活動やアルバイトに精を出すわけでもないわたしはエアコンの効いたワンルームにて、ある宣言を聞かされていた。

「うっしゃあ、いよいよ魔女の使命の本格スタートだ。平成最後のこの年に、魔女の力が世界を救う！　気合いを入れてがんばるぞー」

「はあ」

部屋の中央にて、短パンタンクトップという大変涼しげかつ、その服の代金をすべてわたしが出していることに一抹の倦怠感《けんたいかん》を漂わせる我がヒモ馴染――爽太は、「こいつは他人とは思えない」と言いながらコンビニでこれまたわたしに奢らせた、彼とよく似た名前のアイスを手にそんなことを叫んでいた。

昨日。あの後。

東京に戻ったわたしたちは自宅に帰り、今後についてを熱く語りあった。

かつて憧れた魔女の使命。しかし悲しい記憶により、封印してしまった幼い夢。

だけど今ならやり直せるのでは。そんな願いをこめて、爽太に語り尽くしたのだ。こんな魔女になりたい。こんな風に人助けがしたい。昨晩のわたしは、本当に身も心も舞い上がっていたと思う。

そうして夜が明けた現在。爽太の服を買い終えた午前十一時。

昨晩のわたしの熱をほどよく受けた爽太は「いやぁ雫がやる気を取り戻してくれてマジでよかったよ」「魔女は古いとか言い出した時はどうなることかと思ったからな」と笑っている。そんな彼を見ながら、さすがにもう冷静になった頭で深呼吸する。なぜか。今から大事なことを話さねばならないからだ。意を決したわたしは神妙に口を開く。

「爽太さん」

「おう、どうした雫」

「言わなければならないことがあるのですが」

「何だよ。アイスひと口欲しくなったのか」

「違いますよ。そんな食べかけいりません」

「にゃはは、そっかそっか。それで？」

「実は魔女の使命についてなんですが」

「ああ」

「やっぱりやめようかと思うのです」

「ええええうっそだろこの流れでえええええ」

わたしの宣言に、爽太は本気で驚いた顔で「あんだけ熱く語っておきながらえええ」とサイレンみたいに唸り始めた。まあ気持ちはわかります。わかりますが仕方がないのです。

ひと晩経って気づいてしまったのですから。

「確かに昨夜、わたしは懐かしさと高揚により、魔女の使命をがんばると告げました。それは認めます。ですが冷静さを取り戻した今ならわかります。あれは百曲も歌わされ、さらには登山までさせられた疲労からくる、いわばまやかしだと。巧妙な手口で顧客を催眠状態に陥らせてサインをさせる、一種の悪徳商法だと。なのでここはクーリングオフの適用を認め、なかったことにさせていただきます」

「うおお……まーたさとり世代みたいなこと言いだしたぞ」

呆れ顔を向けられるも、しかしこれはわたしが正しいと自信を持って言えます。

何度も言いますが魔女は古いのです。現代日本にそぐわないのです。

何のために魔女が存在するのか不明なままであり、人はひとりで生きるべきという信念を持つわたしには、到底受け入れられるものではありません。世のため人のためと言いますが、一回ずつしか使えない魔導具での人助けなんて知れています。これで世の中がよくなるとは思えませんし、そもそも誰かのためにといった熱血思考がさとり世代には合わないのです。目立つことも避けたいですし、よって現代に魔女は不要と断言できます。

「それに爽太さん。あなたにも原因はあるのですよ」

「は？　俺？」

爽太は驚いた顔で自分を指さす。はあ、自覚はなしですか。

では教えてさしあげましょう。あなたがいかに卑劣であるのかを。

「あなたのやり方は実に卑怯です。十年間もわたしを放ったらかしにしておきながら、久々に現れては田舎へと赴き、シリアスな横顔で情にうったえるのですから。感性豊かな女性の弱みにつけこんだ、実に卑劣で人道に反する行為と言えます」

「いや、あれはそーゆーのじゃなくて」

「言い訳は結構です。他にもまだあります。先ほども言いましたが、百曲歌わせることで理性と体力を奪っている点にも姑息さを感じます」

「いー、それも俺のせいなの。予言書の内容も俺の管轄かよ」

「異議は却下します。それだけではありません。昨日、家に帰ってからも『昔みたいにお風呂で洗いっこしよ』とか『ベッドの上でぎゅってして』などと甘えた発言を繰り返していましたが、そういう利己的な振る舞いが信頼を損なわせるのです」

「ちょっと待て。その台詞は俺じゃなくて雫が」

「お・だ・ま・り・く・だ・さ・い。よってあなたの要望には従わないと決めました。昨日の件はすべて気の迷いですので、どうぞお忘れください」

その後もわたしは、いかに冷静さを失っていたか。その原因は爽太のせいに違いないか。ゆえにその間に交わされたやりとりはすべて無効であり、ベッドを半分お貸しした件も、あまつさえ一緒に寝てしまった件などもすべて忘れてくださいというか早く忘れて忘れないとなんかこう大変なことにしてやりますよといったことを汗だくになりながら言ってやりました。

「にひひ、雫～」

「な、何ですか、気持ち悪い顔をして」

が、しかし。そんな必死の照れ隠しすら彼には通じないと思い知る。

なんだかんだで爽太はすべてをお見通しなのだから。

「でもよぉ雫。その割に魔導具が全部綺麗に磨かれてるのはどういうことだ？」

「そ、それは、埃っぽいのが嫌だったからです」

「ほう。じゃあスマホの検索履歴に『魔女の心得』ってあるけど、これは？」

「それもちょっと気になっただけで、というか勝手に触らないでください」

「そんじゃあ本棚から魔女に関する書籍を引っ張り出した形跡があるのは？」

「う、それもたまたま掃除したらそういう配置になっただけで」

「つーかさ。壁にでっかく『立派な魔女になる』って書いた紙が貼っつけられてるけど、昨日はなかったよな、あれ」

「あう……あれは、その」

痛い所を突かれたわたしはしどろもどろになってしまう。だってだって、昔から目標は紙に書いて貼るようおばあちゃんに言われてたから。

沈黙するわたしに、爽太は「にゃははは。雫が俺を出し抜くなんて百年早いぜ」と言いながら豪快になでなでしてくる。ヒモのくせに上から目線なのが悔しい。だけど、にやける頬を抑えきれないのも事実。結局、わたしは爽太に敵わないのだ。

「まあ何のために魔女が存在するかはこれから知ってくってことで。とりあえず目の前の使命を片付けていこうぜ。それが雫の人生を取り戻すことに繋がるはずだ」

「べつにそんなことを望んでいるわけでは」

「強がるなって。心配すんな。俺と一緒ならうまくいくから」

「むう」

という具合に。抗う気の失せたわたしは、最終的には頷いていた。乗せられている現状は悔しいものの、本心には逆らえない。やっぱりわたしは魔女としておばあちゃんの期待に応えたいのだ。ひとりじゃ何もできなかったけれど、二人なら。そう考えてしまう。

それに、もうひとつ。

（今はまだ気にしないでおこう）

爽太にバレないよう秘かに誓う。

気にはなるけれど、とりあえず爽太の正体については考えないことにした。

あの日、爽太は死んだと思っていた。だけど今、彼は間違いなく目の前にいる。

記憶がないのはなぜなのか。皆が忘れたことと関係があるのか。はっきり言ってめちゃくちゃ気になるけれど、それでもその問題を先延ばしすることにした。

きっと魔女の使命を続けていけばわかる時が来る。根拠はないけれど、何となくそうなる予感がするのだ。

だってわたしたちは幼馴染。何年経とうとも、特別で大切な二人なのだから。

「さて、そんじゃあこのアイス食い終わったら始めっか」

わたしの考えを知ってか知らずか、爽太は元気に叫んでいる。「そうね」と返しながら視線を外し、窓の外の快晴を見ながら思う。

七月の空はとても眩く輝いている。そういえばもうすぐ誕生日だ。今年の夏も暑いに違いない。誕生日の度にそう感じていることを思い出す。

高い空をクレヨンでなぞったように飛行機雲が走る。

まっすぐ伸びる白い希望が、わたしたちの行く先を示している気がした。


わたしの通う大学は、都心から離れた場所に建てられている。

駅から正門まではカラオケや飲み屋といった学生御用達の店がずらりと並び、賑わいを見せる反面、大学裏に広がる住宅地は閑静なもので。夜の九時には閉店するスーパーが示すよう、とにかく活気がない。山の斜面に開発された土地なので、坂道が多く、緑の木々による自然も多く見られる。街の真ん中には幅が百メートルもある大きな河川が流れており、街のシンボルでありながら台風の度に氾濫するので、対策必至と言われながらも役所が腰を上げる気配は見られない。そんな地方じみた一角に、わたしの暮らすアパートは存在している。喧騒が苦手なわたしにとって、とても過ごしやすい空間だ。

そんな住宅街を抜け、青空に模様を成す銀杏《いちょう》並木が続く裏門をくぐり、ダンスサークルが踊っている脇を過ぎたところ。敷地のど真ん中に位置するラウンジにて、わたしと爽太ともうひとり――三浦《みうら》さんは向かい合っていた。

「は、はじめまして。文学部二年の三浦紗菜《さな》です。本日はよろしくお願いします」

「文学部二年の北条雫です。よろしくお願いします」

「俺は爽太。よろしく」

なぜいきなり見知らぬ人と挨拶しているのかというと、話は昨日に遡ります。

あの後――いい感じに飛行機雲を見上げた後のお馬鹿なやりとりがこちらです。

「うっし、アイスも食ったしそろそろ行動するか」

「そうですね。まずはどうします」

「にしし。実はな、依頼人はもう見つけてあるんだよ」

「え?」

「雫が寝てる間にスマホ借りてさ。大学のネット掲示板で募集をかけたんだ」

「何を勝手に!」

「しょうがねーじゃん。かわいい寝顔を起こすのも悪いと思ってさ」

「……それでどんな募集をかけたのですか？」

「『魔法少女北条雫のお悩み相談☆　どんな悩みもぶっ飛ばすぞ♪』的な」

「頭どうかしてるんですか⁉」

「そしたらコメントが殺到してよ」

「ど、どんなコメントが」

「『何これ』『魔法少女？』『北条さんって文学部の？』『誰かぶっ飛ばされてこいよ』『北条さんにならぶっ飛ばされたい』『踏まれたい』てな感じの」

「完全に馬鹿にされてるじゃないですか！」

「いやでも、ちゃんと悩みを相談する人もいたんだよ。その中から真面目そうな人を厳選して、明日のお昼に約束を取り付けたんだ」

「真面目な人はこんな掲示板を頼らないと思うのですが」

「まあとりあえず行ってみようぜ。イタズラだったらぶっ飛ばせばいいじゃん」

「あなたをぶっ飛ばしたい気分ですよ」

「ちなみに魔女のコスプレした方が雰囲気出ると思ったから、通販で頼んでおいたぜ」

「ぶっ飛ばします！」

　以上。我が幼馴染は脳がゼリーでできているのだと確信しました。

とはいえ真面目な人を選んだという点だけは本当のようで、三浦さんは大人しそうかつそれなりに礼儀正しく見える。あんな掲示板を頼ってしまう頭だけが心配ですが。

「んで、紗菜ちゃんは何を相談したいんだ」

初対面だからか、未だカチコチな三浦さんに爽太が問う。

おずおずと開かれた口が紡ぐのは、げんなりする話だった。

「その……実は好きな人がいるんだけど、勇気がなくて告白できずにいるの。だから、お力添えをいただけたらなぁと思って」

「はあ」

たどたどしく綴られる話をまとめると、こんな感じだった。

三浦さんには好きな男の子がいる。

そのお相手は、わたしたちと同じ文学部二年の水田《みずた》さんなる人物だとか。

イケメンで優しい所が評判の有名人らしく（わたしはまったく知りませんが）、だけどイケメンすぎて声をかけられないそうだ。

話したいけど話せない。告白したいけどどうすればいいかわからない。そんな折に大学の掲示板で、お悩み募集の投稿を目にしたと。そして今に至るのだそうです。

「水田くんはね、入学したてで友達もいない頃——あ、今も全然友達はいないんだけど、その時に出会ったの。この大学ってすごく広いじゃない？　それで迷子になっちゃって、でも、彼がたすけてくれて。それ以来、彼のことがずっと好きで」

まさに恋に恋するうっとりとした瞳。紅潮した頬からは、彼女の想いが本物であることが見てとれる。そんなものを前に、ため息しか出てこない。

「雫」

「何ですか爽太さん」

「どうよ、雫的にこの依頼は」

「そうですね。わたし的にこの依頼は——論外ですね」

「えええ!?」

「ひゅう！　出たぜ雫の論外発言。今宵も弾丸さとりトークが始まるぞ！」

茶化す爽太にチョップをお見舞いしながら、驚く三浦さんに持論を述べる。

恋愛など、いかに無意味であるかという思いをこめて。

「いいですか三浦さん。あなたは今、恋という感情にすべてを支配されているのだと思います。しかしそれはすべてまやかしと言っても過言ではありません。細胞に刻まれた本能と、若さゆえの性欲がいい感じに誤魔化されているだけで、結局はシナプスが描き出す電気信号に過ぎないのです。あなたは恋をしていると思っているのでしょうが、現実はイケメンの子を孕みたいと発情しているに過ぎません。まずはここまで、いいですか」

「は、はあ」

とてもいいとは思えない表情で彼女は呟く。爽太に至っては大笑いするほどだ。

その反応が気に入りませんが、それでもわたしは続けてやった。

「ゆえにですね。ご依頼をいただけたところ申し訳ありませんが、この恋愛はやめるべきです。どんな大恋愛をしようがいつかは倦怠期を迎え、熟年離婚からの第三次世界大戦を発生させます。せっかくさとり世代に生まれたのですから、もっとおひとり様の有難みを知るべきです。時折、それを理解しない方々が『何で合コン断るの？　わたしたちと一緒は嫌ってこと？』『北条さんって他人を見下してるよね。結婚できなさそう』などと言ってきますが、まったくの的外れです。いやそりゃ、あなたたちよりもわたしの方がとても可憐で美しく、お金持ちの庭で優雅に暮らす金魚とペルー南部アンデス山中で暮らすミズガエルくらい差があるのはれっきとした事実ですが、それはただの被害妄想に過ぎず、そんなことを考えているから肉付きが醜悪になり、身体目当ての男性に傷つけられる羽目となるのです。なのでどうか恋愛などに精を出さず、おひとりで——」

などなど。

その後もわたしはいかに恋愛が無用であるか。恋愛なんてしない方が勝ち組であるか。結婚できなさそうと言われたのが悔しいからおひとり様最高論を説いているわけではないということを切々と語り続けた。だというのにだ。

このぽやんとした子はわかっているのかいないのか。

こちらを見つめながら、こんなことを言いだすのだ。

「でも北条さん。そんなこと言ってるけど彼氏さんいるよね」

「？　いませんが」

「でもここに」

「ここに？」

三浦さんの視線が爽太に向いていると悟ったその瞬間。

わたしは、大いなる勘違いに声を上げて叫んでいた。

「なな何を言ってるのですか三浦さん。違います、違いますよ。爽太さんとはそんな関係ではありません！　何を言いだすかと思えば、この人はアレです。オマケです。食玩についてくるラムネみたいなものです。わたしという美女を引き立てるためのいわば刺身の横に置いてあるタンポポです。はああ一体何を考えているのやら」

青天の霹靂《へきれき》とはこのこと。あまりにもズレた勘違いを慌てて訂正する。

「そ、そうなの？　北条さんそう言ってるけど」

「くっくっく。ま、そういうことにしておいてやるかな」

「何ですかその笑みは。わたしたちはただの幼馴染でしょう」

「ああそうだな。俺たちは〝ただの幼馴染〟だな」

「〝ただの幼馴染〟……」

「三浦さん何ですかその顔は。なぜ両手を口に当てて赤面しているのですか」

きらきらした瞳で見つめる三浦さんへ必死に叫ぶ。そうではないと。わたしたちは恋人ではないと。この男は幼馴染であることをダシに居候しては人のお金で贅《ぜい》を凝らすただのヒモなのだと。そううったえてやりました。

その結果、三浦さんも落ち着いたようで。「あ……居候で」という具合に納得し、しかしそれはそれで今度はヒモを養う女と認定したらしく、気まずそうな視線を向けてくるのだ。いや違いますよ。これは状況的に仕方なく——というか、もうそろそろ本題に入りましょう！　いつまで関係ない話をしてるのですか！

「とにかく三浦さんは一刻も早く恋愛をやめるべきです。今に後悔しますよ」

人はひとりで生きるのが一番。いざとなっても誰もたすけてくれない。

それらを再度告げるも、彼女の意思も想像以上に固いのだ。

「そうだね。北条さんの言う通り、後悔するかもしれない。でもね、それでも好きって気持ちは抑えられないの。このまま何もせずいるくらいなら、やるだけやってから後悔したい。子供っぽいって思われるかもしれないけど、彼と手を繋げる日をいつも夢見てるんだ。そんなささやかな幸せが欲しい。彼の手を握って、温もりを感じたいの」

「そうですか。そこまで言うのならこれ以上は言いませんが」

そう言いながらも思ってしまう。

はっきり言って理解できない。好きな人と手を繋いで幸せを感じたい。なんという夢見る少女か。そんなものに価値を見出すなんてとても理解できません。

だというのに、完全に理解できないかというとそうではないのも事実だった。

この気持ちは一体何なのでしょう。

「まあまあ雫。ここは依頼を受けておこうぜ。正しさより優しさの方が大事って時もあるだろ。それにせっかくの依頼者だ。これを機に友達になれるかもしんねーよ」

「いりませんよ友達なんて。それとこれは別です」

耳打ちしてくる爽太を突っぱねる。

友達なんてものには恋愛以上に興味がない。どうせ今までと同様に、勝手に擦り寄って来ながら愛想を尽かして離れていくに決まっている。そして、優しさなんてものにはそれ以上に興味がありません。振り込め詐欺の横行を見ての通り、優しい人ほど損をするのが世の鉄則。優しい人にはならないと決めている。

だからこれはただの仕事。おばあちゃんに認められるための作業のようなもの。

わたしはわたしのやること——魔女の使命を果たすだけです。

「わかりました三浦さん。そうまで言うなら依頼を受けましょう」

「ほんと？　やった！」

今日一番の声で喜ぶ三浦さんを前に、ごくりと唾を飲む。

ある意味、ここからが一番の難所だからだ。

「そのうえでひとつ重大な秘密を打ち明けます。わたしの正体についてです」

「北条さんの正体?」

ぽかんとした彼女を見据え、真面目な顔で問い質す。

「三浦さん。あなたは魔女というものをご存知ですか」

少し話は逸れますが、わたしが魔女について知った日のことを話しましょう。

その存在を知ったのは、ある女性との出会いがきっかけだった。

「え、あれ?」

おばあちゃんと田舎の山で二人暮らしをしていた時のこと。

当時九歳だったわたしは、目の前で起きた現象に大いに驚いていた。

「どこに行ったの? 人が消えた⁉」

「あっはっは。消えちゃったねぇ」

驚くわたしを見て、おばあちゃんはいつになく嬉しそうに笑っていた。

わたしが驚愕したのも無理はない。だって先ほどまで、ここには確かにもうひとり女性がいたのだから。

夏の太陽に照らされながら坂道を駆けあがって家に戻り、そしたら軒先でおばあちゃんと綺麗な女性が話しているのを見かけて。躊躇ったけど、おばあちゃんがいたからだろう。挨拶しようと近づいて、その人と目が合った次の瞬間。

あろうことか。なんとその人は消えたのだ。

淡い光に包まれたかと思えば一瞬で。何が何やらという心境だった。

「おばあちゃん、今の人はどこへ行ったの」

「魔女の力で元いた場所に帰っただけだよ。あの子は魔女だからね」

「魔女って、絵本に出てくる？」

「そうだよ」

「魔女って本当にいるの？　おとぎ話じゃなく⁉」

「じゃないと今の現象に説明がつかないだろう」

「すごい！　おばあちゃん、魔女と知り合いなの⁉」

「知り合いどころかおばあちゃんも魔女だったよ。ぴちぴちギャルの頃はね」

「えええ⁉　おばあちゃんが⁉」

「おばあちゃんだけじゃなく、雫も魔女だよ。うちはそういう家系だからね」

「えええええ⁉」

あまりにもあっさり明かされたせいで大混乱。しばらく叫び回っていた気がする。

そんなわたしにおばあちゃんは魔女について詳しく教えてくれた。目の前で人が消えた以上、信じるしかなかった。飲みこんだ麦茶がいつもより苦く感じた。

「それで、さっきの人は何しに来てたの？　おばあちゃんの弟子なの？　わたしたち以外にも魔女の家系があるってことなの？」

「そうだねぇ。世界は広いようで狭いってことかねぇ」

「どういう意味？」

「そのうちわかるよ。はっきり言えるのは、あの子は『最強の魔女』だってことさね」

「最強の魔女」

そのフレーズは、十年を経た今も耳の奥に木霊している。

「あの子は不器用なんだ。誰よりも強くて賢い魔女なのに、未だにそれをわかっちゃいない。自分に自信が持てず、もがき苦しんでいる。魔女は誰よりも幸せだということを知るに至っちゃいないんだ。本当はそんなことないんだけどねぇ」

「そうなんだ」

相槌を打ちながら、さっきの人のことを思い浮かべる。

綺麗でどこか儚げな人だった。寂しそうな空気を漂わせており、とても最強と呼べる雰囲気の人ではなかったと記憶している。

「それでも最強の魔女に違いないの？」

「ああ、最強さ。そこは間違いない」

おばあちゃんが力強く頷いていたのも覚えている。

「じゃあ、おばあちゃんは二番目に強い魔女なの？」

「ノンノンノン。それは違うよ雫。おばあちゃんの方があの子より少しだけ上さ」

「え。でもあの人が最強だって」

「ふっふっふ。おばちゃんはね、『無敵の魔女』なのさ」

「無敵⁉　無敵の方が強いの⁉」

「当然さね。何たって無敵だからね。ひゃっひゃっひゃ」

そこからおばあちゃんの無敵トークは日が暮れるまで続いた。

若い頃のおばあちゃんは無敵と呼ぶべく美貌とスタイルを誇っていたそうで「自慢の渚ボインで千の男を食ってやったさ。怒らせた時も、問答無用の魔女裁判でこてんぱんにしてやったよ。うひひひ」と笑っていた。今思えば幼い孫になんて話をしていたのだろう。

本当におばあちゃんは無敵と呼ぶに相応しかった。

「わたしも立派な魔女になれるかなぁ」

「なれるさ。おばあちゃんは知ってるよ。雫が立派な魔女になるその未来を」

この翌日。わたしは魔女について爽太に話した。一緒に手伝ってくれるようお願いもした。夏休みになったら星の自由研究をする約束もした。

さらに一ヶ月後。星を見る約束をしていた日の前日。わたしたちの住む山を豪雨が襲い、わたしはひとりになった。長い長い孤独の時間が始まった。

遠く儚い、魔女について知った日の懐かしい記憶だった。


思い出はさておき、話を現代に戻しましょう。

結論から言うと、三浦さんは一発で魔女の存在を信じた。

「えええ！　北条さん魔女なの⁉　絵本に出てくる、あの魔女⁉」

「あ、あなた信じるのですか。そんな簡単に」

「魔女だなんてすごいよ！　これが魔導具？　うわぁ、すっごく雰囲気がある」

三浦さんの依頼を了承したその後。

わたしたちは大学を出て、うだるような暑さの中、日陰を縫うようにとぼとぼ歩き。世間話を交わしながら着いた場所は、わたしの暮らすワンルームだった。魔女の存在を信じてもらうため、すべての魔導具を見せる必要があると思ったからだ。

はっきり言って信じてもらえるかどうか微妙だった。面と向かって「頭大丈夫？」と言われることはないと思いつつも、「そ、そうなんだ。あはは」くらいの乾燥気味の態度をとられることは覚悟していた。なのでまさか「わたしは魔女です」と言っただけで完璧に信じてもらえるとは予想外だった。同時に不安になってくる。こんな簡単に信じてしまって大丈夫かしら。どうも悪い男に引っかかりそうな気がしてなりません。

しかしわたしの心配など露知らず、三浦さんはひたすら賛辞を述べる。

「すごい、すごいよ北条さん。こんな非現実的なものがあるなんて」

「実はオカルトとかすっごく好きで、パワースポットに行ったりもするんだけど、すごいよ。魔導具なんて初めて見た」

「北条さんみたいな美人が箒で飛んだら、すごくインスタ映えするだろうなぁ」

大絶賛の雨あられ。賞賛はやむことがなく、呆れていたわたしも気づけば気分良く「箒なんて古いですよ。インスタ映えするのは事実ですが」と自惚れてしまっていた。後に思えばこれが良くなかったのだろう。この後、とんでもない事態が起こるのだから。

「うし、じゃあ今回は『ナザルの双子の指輪』を使おうぜ。指輪をはめている間、二人の精神が入れ替わるアイテムだ。俺が適当な人数で合コン開くから、入れ替わった状態で二人も参加してくれよ。んで、紗菜ちゃんの身体に入った雫が水田君に言い寄り、告白の前段階までできたら指輪を外して紗菜ちゃんが告白する。どうよ、完璧な作戦じゃね？」

「わたしがそんなことをするのですか」

「そこは妥協しようぜ。俺もフォローするから」

褒めちぎられて気持ちよくなっていたからだろうか。

負担が大きいにもかかわらず、了承しているわたしがいた。

「仕方ありませんね。美人のわたしがひと肌脱ぎますか」

「よっしゃあ、さすが雫。いよっ、美人すぎる魔女！」

「ありがとう北条さん。やっぱり綺麗な人は心も綺麗なんだね」

おだてられたわたしは完全に浮かれきっていて。ウキウキしながら魔導具を使うための手順を三浦さんに説明して。予言書に魔導具を使用したい旨を書きこみ、浮かび上がった文字を見た次の瞬間——一気に目を覚ますこととなる。

『みんなの前でゲリラライブを決行だ！　あなたも今日から立派なアイドル♪』

「すごーい、文字が浮かび上がってきた。本当に本物なんだ」

「ゲリラライブか。大学に許可とってやらせてもらうか」

「……」

予言書に浮かんだ文字を見て、わたしはもう完全に冷めていた。

高揚していた気分はどこへやら。俯き、頭を抱え、立ち上がり、深呼吸をして、小慣れた豊胸体操をした後に、もう一度予言書を見つめるも条件は変わっておらず。

現実を前に、ついと口を出た言葉はこんなものだった。

「以上、美人すぎる手品師によるマジックでした。魔女とか全部嘘ですので、どうぞお帰りください」

「えええ！　北条さん、急にどうしたの⁉」

慌てる三浦さんに、わたしは猛抗議する。

どうしたもこうしたもありません。あり得ないですよ、条件がゲリラライブだなんて。何ですかこれ？　前回に引き続き、どうして古の魔導具はわたしをアイドルにしたがるのですか？　オタクですか？　この魔導具にはオタクの魂でも宿っているのですか？　一気に呪われたアイテムに見えてきたのですが。

「落ち着け雫、ファブリーズで何する気だよ⁉」

「離してください爽太さん。この魔導具は邪悪な心で汚れているんです。今すぐ除菌しないと大変なことになるんです！」

暴れるわたしを爽太が抱きしめ、必死に止める光景が再び繰り返される。前と違うのは、混乱する三浦さんがいることか。しかしそれで何が変わるわけもない。

「ありえないです」「人前でライブだなんて」「わたしに死ねと言ってるのですか」。そう抵抗するも、爽太はやはりわたしの扱いをよくわかっている。

「あきらめろ雫」「これも運命だ」「前言撤回とかさとり世代の名が泣くぞ」などと言い、引くに引けない状況が作り出され。

結局、三日後の午後三時。

わたしは大学敷地内の一角にて、貧相なライブを行っていた。

「いいぞー雫、これぞ悪魔崇拝のサバトってやつだ。だははは！」

「頑張れ北条さん。すごく独特で個性的な歌唱力だよ」

（くうう……他人事だと思って）

その辺から引っ張り出してきた簡素なお立ち台に、爽太が軽音部から借りてきたボロいマイクとスピーカー。流れる音楽に合わせて流行の曲を歌うわたしを、通行人はまさに魔女でも見つけたかのように凝視している。ああダメだ。恥ずかしすぎて死にそう。この人たちはこんな天気のいい日になぜ外出しているのでしょうか。さとり世代の意識が足りてませんね。

「しかし雫の歌はマジで半端ないな。何度聞いても慣れねぇよ」

「魔女だから普通の人と美的感覚が違うのかな」

「三浦さん、もしかして盛大に喧嘩を売ってます？」

そんなやりとりをしながら歌いに歌った午後四時頃。

暑さと恥辱でへとへとながらも自宅に戻り、指輪をはめてみると、今回もというべきか。わたしたちはあっさり互いの精神を入れ替えることに成功していた。

「本当に入れ替わってる。わたしが北条さんの身体に――すごい！」

「はあ……そうですね」

目の前で、わたしの身体を手に入れた三浦さんがすごいすごいと叫んでいる。今気づきましたけど、この子さっきからすごい以外何も言ってませんね。語彙力の方も心配になってきました。そしてそれを差し引いてもいざ向かい合って見るわたしの顔はうっとりするほどに美人だと言わざるを得ませんね。ちょっと待って、冗談抜きで美人ですよこの人。こんな美人がいていいんでしょうか。先ほどから胸元に重たい何かを感じますけど、それらがどうでもよくなるくらいの美人です。ほんと。

「合コンも明日の夜に決まったし、それまでこの状態で過ごすか。互いの身体に慣れないといけないしな」

「行動が早いですね。知り合いでもないのにどうやって取り付けたのですか」

「雫のスマホで雫のフリして『男漁りたいなぁ』て呟けば一発で」

「横になってくださいますか。身体に慣れるため、寝技を一通り試そうと思います」

「結果オーライで許してくれよ。それよりどっちかが指輪を外した時点で入れ替わり終了だろうから気をつけてな。感覚を共有するって話だったけど、そこはどうなんだ」

「あ、そうだった。ということはわたしがこうやって――えい！　タンスに足をぶつけたら北条さんも痛いってこと？」

「痛いに決まっているでしょう！　いきなり何するんですか！」

「あはは、面白い。えいっ、えいっ」

「いた、いだだ、やめなさい！　あなた自分も痛いでしょう!?」

「あは、あはは」

その後も三浦さんがわたしの身体でかわいいポーズをとったり、爽太がそれを写真に収めたりと散々な時間が続いた。何なんですかさっきから。ライブに続き、こんな恥ずべき仕打ちまで受けるなんて。やっぱり人助けなんてするべきではありません。イライラする時間はひたすら続いた。その一日が意味あるものに変わったのは真夜中のことだ。

爽太の提案で一泊することとなった三浦さんは、わたしとひとつのベッドで。爽太はソファにてタオルケットをかぶって眠っていたのですが。

エアコンの音が響く夜に、こんな声が聞こえてきたのだ。

「北条さん、起きてる？」

「起きていますけど」

隣を見ると、三浦さん（厳密にはわたしの顔）が、鏡で見慣れたそれとは別人かと思うほどに優しい表情で笑いかけていた。そんな淡い姿で彼女は小さな思い出を紡ぐ。

「実はわたしね、北条さんのことは結構前から知ってたんだ」

「同じ学部だからそういうこともあるでしょう」

「ふふ、そういうんじゃなくて。わたしは北条さんのことを〝知って〟いたの」

よくわからないという顔をするわたしに、彼女は続ける。

「去年の秋だったかな、社会学の授業で北条さんを見かけたのは。その授業では、恵まれない子供が苦難を乗り越えるドキュメンタリーを流してたんだよね」

「え、ちょ、ちょっとお待ちください」

嫌な予感が脳内を駆け巡る。

「ふふふ。そしたら北条さんすごかったよね。感想を求められたら、ものすごく熱く語り出して。ボロッボロ涙を零しながら一時間くらい賞賛が続いて。気づけば北条さんの授業を受けにきたみたいになってて、それがすっごく面白くて」

「あう、あれは、その」

くう……いたのですがあの現場に。当時を思い出し赤面する。

普段はああいったものに心動かされはしないのですが、あの時だけは無性に主人公役の少年が爽太に似通っていて。つい感情移入してしまい、あんなことに。

「それ以来ね、北条さんのことをすごくかっこいいと思うようになったの。わたしと同じで友達がいなくて、自分のことをさとり世代とか言ってるから、痛い人なのかなと思ってたけど全然そんなことなくて。いつも堂々としてて『おひとり様ですけど何か？』みたいな空気さえ出してて、それがすごくかっこよくて」

「三浦さん。あなたわたしを褒めてるの？　けなしてるの？」

「えへへ。そんな北条さんだから、きっと誠実な人だろうってずっと思ってて。だから掲示板で見つけた時は仲良くなるチャンスだって思ったし、魔女の話を聞いた時も絶対に嘘じゃないって思えたよ。勇気を出して正解だった」

「……そうですか」

何だろう。無性に顔が熱い。こういう褒められ方を普段されないからか、身体が茹だつのが自分でわかり、指輪のせいで伝わっているだろう事実がとにかく恥ずかしい。

そんなわたしを、さらに三浦さんは火照らせてくる。

「明日、誕生日なんだよね」

「どうしてそれを？」

「ライブしてる時に爽太君から聞いたよ。爽太君はお金がないから『プレゼントは俺だ作戦で乗り切る』って言ってた」

「あとで蹴りを入れておきましょうか」

「ふふふ。でもわたしも、それにあやかろうなんて思ったり」

「どういう意味ですか」

「その、わたしという友達をプレゼント……なんちゃって」

「――っ」

顔が熱い。火どころか血が吹き出そうだ。なんて恥ずかしいことを口にするのか。

お互いが頬を紅潮させてしまい、感覚を共有するせいで互いの熱が上乗せされ、もう背中の汗が大変なことになっていた。とてもエアコンのある部屋とは思えない。タオルケット一枚の爽太には悪いけれど、設定温度を十度くらい下げようかしら。

（ほんとにもう）

きっと混乱していたのだろう。

彼女が恥ずかしいことばかり言うから、能天気さが移ってしまったのだろう。

気づけばわたしは、普段なら絶対に言わないだろうことを言っていた。

「告白、成功するといいですね」

「っ、北条さん」

「勘違いしないでください。あくまで依頼達成率百パーセントを目指しているだけです」

「あはは、そうだね」

「ですから万が一フラれたら、憂さ晴らしに水田さんの股間へパンチを一発お見舞いしてやりなさい。わたしの看板に傷をつけたという理由で十分です」

「そ、それはちょっと水田君に悪いかも」

「いいのですよ。無敵の魔女だったおばあちゃんが『そんなものをぶら下げて女を怒らせる方が悪い』って言ってましたから」

「おばあさんも魔女だったんだ」

「ええ。わたしとは比べ物にならないすばらしい人でした」

夜のせいか、月のせいか、銀に瞬く星々のせいか。

わたしはこの夜、三浦さんと永遠とも呼べるほどに話をした。互いに友達がいないからか、やめどきがわからず、勢いのままに話し続けていた。

ふと子供の頃を思い出す。

爽太と出会うもっと前。東京に住んでおり、いじめに苦しんでいた頃。公園で泣いていたわたしに寄り添ってくれたのは、一匹の黒猫だった。今の今まで忘れていた。あの子がわたしの人生最初の友達だった。身体の小さなあの子も仲間外れにされたのか、やつれた姿で怯えていた。でも、そんな自分を顧みず、わたしを励まそうと寄り添ってくれた。それからしばらく、放課後はあの子と遊ぶのが日課だった。

東京を離れることが決まってお別れとなったけれど、あの子がいなければ今のわたしはいなかったかもしれない。絶望をしのげたのは、側で支えてくれる誰かがいたから。さとり世代に恋愛不要という考えは変わりませんが、それでもこの恋だけは例外でもいいのではないか。そんな非合理的なことを考えるわたしがそこにいた。

「北条さん、明日は一緒にお酒飲もうね。わたしはもう誕生日過ぎたから」

「お酒は無益なので飲みません」

「またそんなさとり世代みたいなこと言って」

「さとり世代ですけど何か?」

ふわふわとした、とろけるようなまどろみの世界。

星々が見下ろす幻想的な夜は更けていった。

そして夜が明け、いよいよ運命の日がやってきた。

時計の針が夜の六時を示す頃。

わたしたちは予定通り、爽太主催の合コンに参加していた。

「そんじゃあ本日は思い切り楽しもうぜ！　かんぱーい‼」

「「「かんぱーい」」」

幹事である爽太の声と、それに続く弾けた声、さらにはグラスをぶつける音がカチカチ響く。十人ほどが集まったテーブルに、いかにも大学生な空気が醸《かも》されてゆく。

大学前に飲み屋さんが並んでいることは前述した通りですが、今回爽太が予約したのはその内のひとつであり、値段の割に料理が美味しいと評判のお店だった。

そんなお店で現在、三浦さんの身体を借りたわたしは水田さんの隣に。その向かいに、わたしの身体を借りた三浦さんが。そして爽太はジョッキを片手にうろうろするフォーメーションをとっていた。まさかこの合コンに魔女の謀略が仕こまれているとは誰も思わないだろう。そう考えると、すごく大げさなことをしている気がしてきた。

「ようは告白の前段階までを雫がやっちまえばいいんだよ。
①紗菜ちゃんの身体で雫が水田君にドキドキアタック。
②隙を見て雫が猫なで声で水田君を連れ出す。
③二人きりになったタイミングで指輪を外し、満を持しての紗菜ちゃん告白タイム。

④ハッピーエンド。こんな作戦を考える爽太さんマジ天才。
⑤爽太様をねぎらい、雫がお背中を流します。ひゅー、今夜はお楽しみだぜ。
どうだ、完璧な作戦だろ」

（どこが完璧なんですか。①と②と④と⑤に大問題があるでしょう！）

りんごジュースを飲みながらわたしは、事前に授かった作戦へ脳内ツッコミを入れていた。今からこれを実践するなんて、本当に気が進みません。

とはいえ昨晩、三浦さんとあんなやりとりをした以上、手を抜く選択はなかった。三浦さんも慣れない身体で「わたくしお酒は苦手でして。おほほほ」などと頑張っているのだから……ちょっと待ってください三浦さん。何ですかその笑い方は。あなたの中でわたしはそんなイメージなのですか。待ってこれ、合コンにタイムとかないんですか。お互いの役作りについて打ち合わせが必要かと思うのですが。

「いやあ北条さんが来てくれるとは思わなかったよ。あんまり飲み会とかに来ないタイプだからさ。三浦さんもそう思うでしょ？」

「え？　あ、ま、まあ」

一方で、このややこしい事情を何も知らない水田さんは陽気な声で話しかけてくる。途端に三浦さんはもじもじするのでわたしが応対するしかない。ええと何でしたっけ。ドカドカアタックすればいいのでしたっけ。ええいもう為すがままです。

「水田さんはよくこういう場にいらっしゃるのですか?」

「まあね。人と会うのが好きだからさ。だから北条さんに会えたのはラッキーだよ」

「そうですか。それより結構お酒を飲むのですね」

「結構強いんだよ俺。北条さんは飲まないの?　注文しようか」

「北条さんは飲まないそうです。それよりお皿をください。サラダをよそいますので」

「いいよ気を遣わなくて。あ、でも北条さんがよそってくれるなら嬉しいかも」

「……北条さんはあなたみたいなチャラ男によそったりしません」

「ん?　何か言った?」

「いえ何も。それより遠慮せず、ここはわたしが」

「頼むよ北条さん。トマト多めに入れて欲しいなぁ」

(何ですかこの男、全然なびかないじゃないですか!)

思い通りに動かない男に苛ついてしまう。これはどういうことですか。そりゃ目の前に美しい北条さんがいるのだから夢中になってしまうのは当然ですが、女子がサラダをよそうと言ってるのですよ。これはさとり基準で「今日は親がいないの」と言っているも同然なのにこの男ときたら。三浦さんは一体どこに惚れたのでしょうか。

その傍ら、三浦さんも言いたいことがあるようで。「うふふ」と愛想笑いしながら自分のふとももをつねっている。その感覚はわたしにも伝わり――痛い痛い、わかってます、わかってますって。ちゃんとやりますから。ここからが本番ですよ。

「北条さんはどんな音楽聞くの？　カラオケとか行ったりする？」

「水田さんどうぞ。トマト盛りです。もうトマト森と言ってもいいくらいにトマトを盛りました。存分にリコピンを補給してください」

「あは、あはは……」

三浦さん（身体はわたし）にやたら話しかける水田さん。女子力全開で食らいつくわたし。成り行きを見守る三浦さん。他の参加者そっちのけで、秘かに激闘する時間は過ぎていった。

ただ、この時。わたしはもっと警戒しておくべきだったと後に後悔することとなる。わたしの身体へ話しかける水田さん。隣の席なのにいまいち相手にされない三浦さんの皮を被ったわたし。薄々勘づいていながらも作戦中止に踏み切れなかったことが、悲劇を招いてしまうのだから。

事態はこの後、最悪の展開を迎えてしまう。


合コンが始まり二時間近くが経った頃。

熱気で喉が渇くせいか、お酒の回りが早く、ほろ酔い気味な人が出てきたあたりで少し空気が変わってくる。

「じゃあ三浦さんと北条さんは割と近くに住んでるんだ」

「そうですね。あの辺は女性専用マンションが多くあるので」

水田さんがわたしの顔ばかりに注視していた序盤はどうなることかと思いましたが、時間も経つにつれ、三浦さんの身体に宿るわたしともお喋りできるようになり、また、三浦さんもそれなりに会話に混じることができるようになっていたのですが。

お酒のペースが早すぎたのと、やはり序盤に抱いた不安をもっと重視すべきだったのでしょう。あとは爽太がお手洗いに行っており、不在だったことも原因か。

ほんの小さなきっかけで事件は起こる。

「よし、じゃあ一回席替えしようか。みんな、グラス持って適当に立って」

男子のひとりが立ち上がり、そう言った次の瞬間。

水田さんが、信じられない本性を見せるのだ。

「は？　やだよ。俺まだ北条さんと話したいし。せっかくいいところなんだから」

「え、ああ、でもさ、みんな色んな人と話したいだろうし」

「知らねぇよそんなの。何で俺がおまえらに合わせるんだ。バカじゃねぇの」

……後に知ったことですが。

どうやらこの水田さんという人は気に入った異性にはとことん優しく、その反面、同性に対してはかなり冷たい一面があったようで。お酒が進みすぎたことも影響したのでしょう。気に入らない異性へ見せる一面も明らかになってしまうのだ。

「いいからそっちで席替えしてろよ。こいつなら連れてってもいいぞ。この陰気な女をさ」

「――は？」

一瞬。あまりにも予想外の言葉だったので、わたしは動きを止めてしまっていた。

そしてそれは他の参加者も同様だった。騒がしかった場が、水を打ったように静まり返る。三浦さんの動揺した顔は、二度と忘れられないほどに傷を残した。

だけど、ここからが本番だったのだからたまらない。

「知ってるぜ。三浦だっけ、おまえ俺のこと好きなんだろ？　噂は聞いてたよ。でもな、ハッキリ言ってマジ勘弁だから。全然ないから。たまにいるんだよなこういうの。ちょっと優しくしただけで勘違いする女が。ホント迷惑だよ。テンション下がるわぁ」

「な――」

その台詞を聞いたわたしは、どんな顔をしていただろうか。

（何てことを言うのですかこの男は。今、何と仰いました⁉）

信じられない。もう信じられないのひと言しか思い浮かばなかった。

いや、確かに。もしかしたら彼からすれば鬱陶しかったのかもしれない。興味のない異性から言い寄られるのは迷惑でしょう。わたしにも経験がありますし、わからないでもありません。ですが、だからといってよくも大勢の前でそんな。

「……っ」

ショックだったのでしょう。三浦さんは俯き、グラスを握る手を震わせる。

しかし、この男の非道っぷりは始まったばかりだった。

「ていうかさ。何なのその地味な服装。そんなので隣に座られても迷惑だから」

「いっつもひとりだけど友達もいないんだろ。そんなコミュ力のないやつと一緒にいても楽しくないんだよ。何でわかんないかな」

「そういやオカルト好きとか聞いたことあるぜ。その年でオカルトとかキモいから。パワーストーンとか買っちゃうの？　だからモテないんだよ」

「そういうわけだから今後は関わらないでくれよ。おまえに興味なんてないからさ」

相手の気持ちを一切考えない罵倒の連続。公衆の面前で非難する辱め。

さすがにここまで静まり返れば他のお客さんも異変に気付く。ひとりの女性を罵倒する酔っ払いに顔をしかめる。でも何もできない。目を逸らし、心の中で同情するのみ。何という気まずい空気か。わたしは他人事のようにため息を吐くしかなかった。

そんな空間に、すすり泣きが聞こえてきたのは直後のことだった。

「う……ひっく……うぅ」

「あれあれ、北条さんが泣くことないじゃない。かわいい顔が台無しだよ」

陽気な声でそう言い、水田さんはテーブルを回りこんで向かいに座っていた三浦さんの肩に触れ、空いている手で彼女の手を握るのだ。

「キミのことは最高だと思ってるからね。ほら、涙を拭いて。一緒に飲もうよ」

「ひっ……くぅう……うう」

涙を流す三浦さんの心などお構いなし。水田さんは手を繋ぎながら、お酒の入ったグラスを不躾に勧める。

涙が零れる。嗚咽は止まらない。気まずい空気に誰も何もできない。

それでもこの男は、傷だらけの心に土足であがりこもうとする。それを見てわたしは、ああ、やはり自分が正しかったと再認識した。

(やっぱり言った通りじゃないですか。だから恋愛はやめておけと言ったんです)

わたしは言った。さとり世代に恋愛は不要だと。

結局のところ、かわいそうだけれど三浦さんに男を見る目がないのが悪い。最初からこの子は恋に溺れて冷静さを失っており、忠告を聞かなかった。それに気づけないからしっぺ返しを食らうのだ。起こるべくして起こった結果である。

だから、わたしは彼女の涙を見ても動じない。

同情しないかと言ったら嘘になるけれど、黙ってこの場をやり過ごすくらいの処世術はわきまえている。べつにわたしたちは友達ではないのだし、当分はこのことを思い出して嫌な気持ちになるだろうけど、最初だけだ。時間が経てばそれなりに受け入れ、何事もなかったかのように日常を過ごせるだろう。わたしはさとり世代。それぐらい器用だと自覚している。だからこれでいい。このまま彼女の涙を見過ごせば――。

（……っ）

だというのにだ。本当に、心とはままならないものだと思い知る。

指輪のせいなのだろう。何もしていないはずの唇が痛く、喉が灼けるように熱い。目の奥がひりひりして、何も流れていないはずの頬を、火傷のような悲しみが伝う。

不意に、今日が二十歳の誕生日であることを思い出す。だからといってお酒なんて飲まないと決めていたのに。だってわたしはさとり世代。世の中で一番、冷静で無駄なことを好まない世代。

だからこれは違うんです。彼女のためじゃない。自分のためでもない。誰かに諭されたわけでもない。わたしはただ。

わたしの誕生日に、あんな男が手を握っているのが許せないだけです。

「爽太ぁ‼」

「おう！」

ドガン――――ッ！

と。

騒がしかった店内に、突如として机を叩きつける音が響き渡る。

その勢いに、一瞬にして場が凍りつく。立ち上がるわたしを店内の誰もが注目している。例外がいるとすればそれはひとり。いつの間にか場に戻っていた挙句、察したように瓶ビールを差し出す爽太だけだろう。

「どうぞこちらを」

「どうも」

阿吽の呼吸で受け取り、そのままラッパ飲みしてやった。どくんどくんと流れこんでくる初めてのビールは、思ったよりもたいしたことなかった。

そして飲み終わるや否や、テーブルの上に思い切り足をこう、

ダン――――ッ！

「ひいっ！」

……と。勢いよく怒りをこめて踏みこんでやった。

音と迫力に、またも店内に歪みが走り、誰かが悲鳴を上げる。気持ちはわかります。先ほどまでけなされていた大人しい少女が、いきなり立ち上がったかと思うとビール瓶を片手に「はいはいクソが」などと言いつつ飲み干したのですから。でもしょうがない。何度も言いますが今日はわたしの誕生日。わたしの手を握ってもいいのは、十年前からひとりと決まっているのですから。

「それではただ今より、『魔女裁判』を始めます！」

「よっしゃあ！　待ってました！　ひゅーひゅー」

パチパチパチパチ。

爽太ひとりの拍手が響き渡る。誰もがみな呆けている。三浦さんも水田さんも呆気にとられている。そんな状況で三浦さん――正確には自分の顔を見ながら、わたしは茫然としている表情ですら美人だと再認識した。いやこれ、うっそ、わかってはいましたけどかわいすぎませんか。これこそ千年にひとりの美少女でしょう。テレビのあっちは偽物ですね。世の男たちが夜な夜なシコってしまうのも無理はありません。ドバドバですよドッバドバ。あははは、何だか楽しくなってきました。

気分を良くしたわたしは、ふわふわする頭のまま言ってやった。

「はいそこのゴミクズ男。とりあえず一回立ちなさい」

「は？　いや待てよ。おまえ何を」

「立てっつってんだろがあ！」

ガシャーン‼

「きゃあああああ！」

壁に叩きつけたビール瓶の音と、女性たちの悲鳴が響く。それを聞いた水田は「は、はい」と呟きながら、顔面蒼白状態でようやく立ち上がった。はぁーあ、やれやれ。この程度でもうビビっているのですか。三浦さんはこんな根性なしのどこに惚れたのでしょう。

爽太の方がよっぽどイケメンでかわいくて全身をぺろぺろしたくなる王子様だというのに。どうやらまずはこの面の皮を剥いでやらねばならないようですね。

というわけで、わたしはシンプルに罵倒することにした。

「クズ」

「え、は？」

「は？　ではありません。全体的に気色悪いんですよあなた」

「な、なんだと」

「いいから鏡を見なさい」

「てめぇ、何を急に」

「顔、口、鼻、目、手、足、ひげ、爪、毛髪、血管、心臓、膵臓、肝臓、脳味噌、肛門、全部含めて気色悪いんですよ。大体何ですかそのダサい髪型は。初めて見た時、もののけ姫に出てくるタタリ神かと思いましたよ。この、タタリ神もどき」

「な――――っ」

「ぶふふっ！」

的確かつエレガンスな罵倒に噴き出したのは、同席していた女性陣だった。それに伴い、店員さんや他のお客さんにも、ゆるやかな空気が戻ってくる。

このチャンスをみすみす逃すわたしではなかった。

「それにあなた臭いんですけど、何の匂いですか。チェリーボーイ臭ですか。それともおでこから腐臭を漂わせる能力者なんですか」

「違ぇよ！　これは海外の香水を取り寄せて――」

「それをチェリーのおでこに塗りたくっていると」

「んなわけあるか！　そもそも俺はチェリーじゃねぇ！」

「どうでしょうか。所詮、タタリ神をリスペクトする男ですから」

「タタリ神をリスペクトしてるわけねぇだろ！」

「違うんですか？　ではなぜそんなダサい髪型をしているのでしょう」

「ダサくねぇ！　これは流行りを意識した髪型で――」

「そうなんですか。わたしにはでっかいちん毛にしか見えませんけどね」

「ちん――」

「あはははははは！」

爆笑。そう呼ぶに相応しいほど、今度の笑いは店中から響き渡った。

様子を窺っていたＯＬさんが、お腹を抱えて笑っている。サラリーマンの方々も「うまい！」「一本！」と拍手を送ってくれる。当然ですよね。こんなに美人な雫ちゃんが他人の身体とはいえ啖呵を切っているのですから。ウケて当然です。

一方、目の前の――お名前何でしたっけ。もういいです。ちん毛ヘアー氏です――は、さぞご立腹のようで。真っ赤な顔で肩をいからせながら目の前にまでやってきていた。わたしの身体に宿る三浦さんは目を白黒させていたけれど、怒り狂う彼を見て我に返ったのか、戸惑う表情をこちらに向けている。ふふふ。ご安心を。今のわたしに怖いものなどありません。わたしは魔女です。魔女がタタリ神に遅れをとるはずがないでしょう。

「何か？」

「いい加減にしないと殺すぞ」

本気で頭に血が昇っているらしい。荒い息遣いで彼は言い放つ。

やれやれ。女性相手に殺すだなんて、やはり三浦さんに男を見る目はないようです。

「あなたはそれだけのことを言いました。今からでも遅くありません。謝罪を」

「するわけねぇだろ。殺されたくなけりゃおまえが謝れ」

「お断りします。やれるものならやってみなさい」

「この――ッ」

わたしの挑発に、水田さんは拳を振りかぶる。誰もが表情を凍らせ、空気が悲鳴をあげる。でも、わたしは一瞬たりともひるみはしなかった。理由はひとつだ。

いつだってわたしの側には、彼がいてくれるからだ。

「おいおい。さすがにこれはいただけないぜ、水田くん」

「離せよてめぇ」

「そいつはお断りだな。何たって俺は、魔女の騎士だからな」

振り上げた腕を、爽太の細い腕ががっしりと掴んでいた。いつもの笑顔といつもの佇まいで。水田さんの腕はぴくりとも動かず、爽太の笑顔も動かない。それを前に、水田さんの顔が引きつる。その状況にわたしは興奮するしかなかった。

見なさい三浦さん。やっぱり爽太の方が何千倍もかっこいいじゃないですか。わたしは知っていましたよ。爽太はいつだってかっこよくて男らしくて、必ずわたしをたすけてくれるって。きゃーきゃーっ！

「雫、そろそろいいんじゃね」

「そうですね、爽太さん」

爽太の悪い笑顔に、わたしも悪い笑顔で返す。

わかっていますとも。そろそろトドメの時間ですから。

頷き、おもむろに指輪を外す。

「あっ」

次の瞬間。三浦さんが何かを言いかけたけれど、言い終わる前に魔法が切れる。わたしはわたしの身体に。三浦さんは三浦さんの身体に戻っていた。

視界に映るのは、机を挟んだ向こう側で憤る水田さんと、その腕を掴む爽太。そして、こちらを見てはうろたえる三浦さんの姿だ。彼女を見つめながら、頬に残っていた涙を拭い、拳を握る。大丈夫。大丈夫だと、言い聞かせるように。戦える。あなたはひとりじゃない。そう想いをこめて。

伝わっただろうか。伝わっただろう。

うろたえていた彼女の瞳に光が宿る。涙を濾《こ》した後に残った、強さが煌《きらめ》く。

三浦さんが正面を見つめる。目の前の男を見据える。かつて愛した、傷つけられた――でも今はもう、乗り越えた相手を。

「俺は悪くねぇ！　そもそもこの女が――」

悪あがきに耳を貸さず、指輪ごと握りしめた彼女は気合いの一発を繰り出した。

「この――ばかぁああああ‼」

「え――はぐぅおおおおお⁉」

キ――――ン！

そんな音がするわけもないのに、そんな音がしたように感じるほど静まり返る。

男性陣が渋い表情で股間を押さえ、女性陣がガッツポーズを繰り出す。

「おまえ……それは、卑怯……だ、ぞ」

倒れる寸前、水田さんが何かを言った。でも、そんなの知ったことではない。

「とある魔女が言ってたもの。そんなものをぶら下げながら女を怒らせる方が悪いって！」

カンカンカンカン！

店長さんだろうか。カウンターの奥にいたおじさんが、お玉でフライパンのゴングを鳴らす。試合終了のようだ。勇気を振り絞った三浦さんへの拍手が溢れる。

「すごいぞお嬢ちゃん！　よくやった！」

「かっこよかったよ！　ナイスパンチ！」

「本日の勝者は、三浦紗菜ちゃあああん！」

爽太がボクシングの審判のごとく宣言すれば「うおお！」と店内からエールが響く。女性陣は拍手し、男性陣も「これはしょうがない」と笑顔で呼応する。爽太が調子に乗って「み・う・ら！」とコールを始め、テンションが上がった三浦さんも応えて手を振るものだから、一層店内の空気は弾けていった。蹲る水田さんには申し訳ないけれど、誰もが望んだ結末があった。わたしも思わず拳を握り、三浦さんに——。

（あ——）

と、そこで。きっとそれを見つけたのはわたしだけだろう。

拳を振り上げる三浦さんの目に、ひとつの恋が終わったことを嘆く煌きが見えた。

指輪を外していても拳の痛みがわかった。この日、初めて誰かの痛みを知った。

「お疲れ、雫」

「爽太さん」

盛り上がる店内では、いつの間にかサラリーマンやＯＬの方々が三浦さんを直接ねぎらっている。そんな中で、そっと側に来てくれたのは爽太だった。

「やるじゃねーか。しびれたぜ、雫」

「爽太さんこそ。見直しました」

「雫を幸せにするのが俺の仕事だからな。にゃははは」

二人で囁き、笑い合う。この時わたしは、爽太とだったら何だってできる気がした。だって爽太は、本当にすてきな男の子なのだから。

賑わい続ける店内で、わたしたちは見つめ合い、もう一度はにかんだ。


その後の話をしておきましょう。

暴れ回ったことで、とても合コンどころではなくなったその場は当然のごとく解散。わたしと三浦さんは大勢のお客さんから大喝采を受けつつ退店することとなった。

しかしその後、まさに酔いが醒めたというやつでしょうか。

店を出て、自然とひと気のない物陰に移動したわたしたちは唐突に、

「あああ〜！　うあああ〜〜〜‼」「あああああ。あああああ」

と奇妙な唸り声をあげていた。

（や、やってしまった……）

脳内を後悔が支配する。怒り心頭とはいえ、あんなことをしてしまうなんて。魔女裁判。

魔女裁判て。というかわたし、とんでもないことを言ってませんでした？　ちん……とか言ってませんでした？　恥ずかしくてしょうがないのですが。

三浦さんも同様のようで、マグマさえ吹き出そうなほど真っ赤な顔をしている。きっとわたしも同じ色をしているのだと思うと、さらに顔面が爆発しそうになる。

「おーい、大丈夫か二人とも。大丈夫じゃねーな。にゃはは」

そんなわたしたちを宥めてくれるのは、遅れてやってきた爽太だった。どうやら彼がうまく後処理をしてくれたらしい。

店員さんや他のお客さんへの謝罪、汚した席の掃除、また、同席者の方々にもきっちり話をつけてくれたようで。「この件はこれで終わり」「お互い今日のことは忘れよう」とすることで、どうにか丸く収まったのだとか。

「アレだな。そもそも合コン作戦がよくなかったな。悪いな紗菜ちゃん。嫌な思いさせちまって」

「ううん、わたしこそごめんね。つい手を出しちゃって」

「謝らなくていいです。爽太さんの作戦が悪いからこうなったのですから」

言いつつも、わたしの心は安堵の気持ちでいっぱいだった。

爽太……今回ばかりはたすかりました。よくあの場をうまく収めてくれました。本当に感謝します。今日はお礼にベッドの中でぎゅってしながら、いい子いい子してあげますからね。お風呂で背中も流してあげます。だからあなたも今日のことは速やかに忘れてください。もうほんと記憶のひとかけらにも残らないようお願いしますよ。約束ですからね。そして二度とお酒は飲まないと固く誓います。絶対。二度と。本当。冗談抜きで。

（はあ……何だか疲れた）

という具合に。結局、本日の戦果としては告白は成功せず。魔女の人助けは失敗に終わってしまった。その事実に、少し切ないため息を吐く。

「北条さん」

「え？」

ただ、それでも。

夜にははにかむ蛍のような笑顔が光る。

何もかもが失敗だったというわけでもないようで。

「ありがとう北条さん。わたしのために、あんなに怒ってくれて」

「あ、いえ、それは」

予想外の言葉にどもってしまう。だってあれはどう見ても怒りゆえの無意識なもので。

だけど、そんなわたしに彼女はぐっと寄り添う。

「すごくかっこよかった。わたしひとりじゃ絶対あんなことできなかった。望んでいた結果とは違ったけれど、すごく幸せなんだ。望んでいたものより、もっとすてきなものを手に入れられたから。ありがとう。わたしの魔法使いさん」

月に負けない輝く笑顔で、手を握り、彼女は嬉しそうに告げた。

その瞳はまだ潤んでいたけれど、もうそこに涙はなかった。

(わたしの――魔法使い)

その台詞に、おばあちゃんの台詞を思い出す。

――魔女は誰よりも幸せだということを知るに至っちゃいないんだ。

かつて最強の魔女を指して、おばあちゃんはそう言った。

なんだろう。わからない。わからないけれど、今、何かがわかりかけた気がする。ずっと昔から知っている。でも、声に出せない何かが。

この後、どんな会話をしたのかよく覚えていない。手を振り別れ、気づけば自宅に着いていて。お風呂に入り、歯磨きをして、爽太と一緒にベッドにごろんと横たわって。

夜すら寝静まる深夜一時。

真っ暗な部屋で、スマホに届いた一通のメッセージに心を拾われる。

『これからもよろしくね。紗菜って呼んでもらうのが今月の目標！』

「……」

「にしし。やったじゃねーか雫。友達ゲットだぜ」

いつの間に起きたのか。爽太がこちらを向き、嬉しそうに笑った。

恥ずかしくなったわたしは「友情に興味はありません」と言ってしまう。

（合理的じゃないのに。合理的じゃないはずなのに）

なのに頬が緩むのを止められない。電話帳に追加された連絡先を何度も開いてしまう。

指輪がなくとも、この感覚が三浦さんに伝わってしまうような気がする。

そのうえ、わたしの知らない感情がさらに襲い掛かる。

「実はさ、魔導具を使ったことと関係あるのか知らないけど、ひとつ思い出したことがあるんだ。俺の正体について」

「え」

宇宙がざわめく真夏の夜。エアコンが唸る暗いまどろみの空間。

爽太が紡ぐのは、曖昧でおぼろげな記憶だ。

「どこから来たのか、どこへ行くのか。何にもわかんねー俺だけど、ひとつ思い出したことがある。それは俺が『人の持つ可能性を見るために生まれてきた』ってことだ」

「人の持つ可能性？」

暗闇の中、わたしを見つめて爽太は頷く。

「雫や紗菜ちゃんが戦うのを見た時に、俺の胸はすげぇざわめいた。人はこんなにも輝けるんだって思ったんだ。平凡な世界に、突如胸躍るものが現れた感覚だった。その時に思い出したんだよ。俺は、遠い記憶のどこかでこれを望んでいたって。人の起こす奇跡って言うのかな。それを知るために生まれてきたことを思い出したんだ」

彼の目はわたしの知らない色をしていた。

幼い爽太とも陽気にふざける爽太とも違う色。知らない誰かが突如現れたような不思議な感覚。時折、彼は知らない誰かになる。わたしの知らない彼がそこにいる。

どちらが本物の彼なのだろう。

寂しいような、怯えるような、そんな臆病な顔をするあなたは誰なのだろう。

何かを言いたげに彼はじっと見つめる。彼の目に、小さな不安を感じとる。

あなたはわたしに何を求めているのだろう。

「どうして『魔女の力になる』なんて記憶があるのかわからなかった。でも、もしかしたら俺は知っていたのかもしれないな。魔女こそが世界で誰よりも人を輝かせる存在だと。頑固でさとり世代な雫だけど、誰よりもまっすぐに人のために戦える。きっと雫は人々にとっての光なんだ。紗菜ちゃんだけじゃない。俺にとっても、きっと」

「大げさですよ。あれは本当に勢いだったんです。怒り任せというか」

「それでいいんじゃねーの。自然と誰かのために戦える。それが雫の強さだ」

黙するわたしに彼は「人を幸せにすることは、自分の幸せにもなるんだぜ」と告げ、それを最後に背を向けた。しばらくすると、すうすうとかわいらしい寝息が聞こえてきた。

その背中にわたしは思う。

——ありがとう。わたしの魔法使いさん。

(………)

もし夢の中でおばあちゃんに会えたら今日のことを何て話そう。喜んでくれるだろうか。魔女はいつの時代も幸せを運ぶもの。今ならその意味、少しだけわかるよ。

たゆたう夜の中、布団の中で手探りする。やっと見つけた少年の手にそっと触れる。誕生日は過ぎたけれど、本人があぁ言っていたのだから許されるはず。手を繋ぐ。その温もりにドキドキする。夏の一日を思い出す。川で泳いだ、あの日の記憶。

『わたしの身体を抱きしめればいいわ。他の人ならダメだけど爽太ならいいよ』

光と影の記憶を思い出す。十年越しに繋いだ生命の温もりを愛おしく感じる。

胸がときめく。彼の唇に焦がれる。少しだけ、彼の方に顔を寄せた。

「爽太。ずっと側にいてね」

夢の中に届くと信じて呟き、目を閉じた。

都会の夜空は低く濁り、とても騒がしかった。星のさざめきは宇宙が笑うようで、夜のぬるい吐息はわたしの内側を優しく溶かす。

さよならをした世界で、おでこに何かが触れる。囁かれる。繋いだ左手と絡ませた足先が、とても熱い。熱した岩の上の感触が蘇る。

熱い熱い、溶けたコンクリートのような夜だった。

三章　魔女と透明人間の恋

　また夢を見た。幼い頃の夏の記憶。

「降ってきたな」

「そうね」

　その日は朝から天気がぐずついていた。それでも雨は降っていなかったので、爽太と一緒に外で遊んでいたのだけれど、とうとう灰色の空は堪えきれなくなったようだ。

　ぽつぽつと肌が濡れ始めたかと思えば、すぐに大雨となった。わたしたちは大きな木の下で雨宿りした。側にはお地蔵さんを祀った小さな祠があった。

「だめだ、止みそうにないな。ここで休憩しよう」

　顔にかかった雨粒を拭いながら爽太が呟く。

　視界は暗く、雨のせいで山の景色がそっぽを向いているように見えてくる。セミの声も聞こえない。ざあざあと唸る音はわたしたちを縛りつけ、寂しい気持ちにさせてくれる。

　雨に閉じこめられた薄暗い牢獄。そんな世界で心が零れる。

「向いてないのかな」

「うん？」

木の幹にもたれかかる爽太が、隣で呟くわたしを見る。

その表情を見ることなく、雨に誘われるよう寂しさを流した。

「魔女になると言ったけど、どうすればいいかわからないの。魔導具もどう使うべきかわからない。どうやったら幸せを運べるのか、そもそも幸せが何かもわからないの」

ため息を固めた言葉を世界に吐き出す。爽太は何も言わない。

たまにわたしはこうして落ちこむことがある。

昨日、東京からお父さんとお母さんが来た。まだ学校に行けていない話をした。

この山にいる間は忘れることができていたけど、現実を思い出してしまった。

惨めな現実は、雨となってわたしの夢を黒く濡らす。

「時々思うの。本当は、わたしは――」

爽太の肌がそっと触れる。じんわりと温かく、心が溶ける。

止むことのない夏の雨は、わたしたちを閉じこめ続けた。暗く寂しく、それでも彼と二人なら永遠に雨が止まなくとももと思えるほど、愛おしく感じた。

生温かい雨の記憶はここで終わった。

数年前までは節電の意識が騒がれており、それに伴いエアコンの設定温度を28度にしていたら何ということか。電気代が跳ね上がったことから「節電しているのに出費が嵩むとは何事か」と憤った記憶を押し流すよう、今年は命に関わる暑さなのでエアコンを付けようとアナウンスされる現状に、これはもしや電力会社の謀略なのではと疑いたくなるような、ようするに暑くて誰彼構わず八つ当たりしたくなる２０１８年八月。

わたしと爽太は、リゾートプールへとやってきていた。

「ひゅう！　水が冷たくなくて気持ちよくないぜ！　雫も来いよ」

「行くわけないでしょう。なんて誘い文句ですか」

ホテルに隣接されたプールなので高級感はあるものの、人前で泳ぐ気になれないわたしは水着をＴシャツで隠しつつ、ビーチチェアに身体を預け、呟いた。我ながらサングラスとビーチハットが中々に決まっていることに満悦する。

さて本日。三浦さんの依頼を解決してから一週間ほど経った八月頭。

何をしているのかというと、福引で当たりを引いたことが発端だった。

「見ろよ雫。かねてからの夢だった食玩大人買いを決行したらプールのチケットが当たったぜ。これを利用しない手はないいな」

朝早くからひとりで出かけたかと思えば何をやっているのかと問い質したくなるも、彼が耳を貸すはずもなく。

水着を買わされ、浮き輪を買わされ、バスを乗り継ぎ、ようやく辿り着いたのがここというわけだ。よくも人のお金で贅を尽くせるものだと感心します。一万円もする極小マイクロビキニを買わされそうになった時は、はっ倒してやろうかと思いました。

とはいえ、さすが高級ホテルが経営するリゾートプール。

屋外でありながら綺麗に整えられており、流れる音楽もカラフルな施設も、夏の太陽に呼応するよう眩しく輝いている。人でごった返すこともなく、南国風ジュースを飲みながらのんびりする程度にはリラックスできていた。休日は自宅というのがポリシーですが、たまには外出もいいかなと。そう思えるわたしがいた。

が、しかしです。

（………）

夏のプール。夏の太陽。ポップな音楽と共に水しぶきが眩しく煌く。きらきらとしたまさに青春。そんなものを見ながら思うことはひとつ。

「――じゃないでしょう！　何をのんびりくつろいでいるのですか！」

「うおおびっくりした！　何だよ雫、いつものヒステリーか？」

Tシャツを脱いでプールに飛びこみ、スリーパーホールドをきめて彼を沈めんとする。

何ですかいつものって。そもそもあなたが――いやそれよりも。

「そうじゃなくて、こんなことをしてる場合ではないと言っているのです。あれから一週間、遊び惚けているだけじゃないですか。仕送りだって無限ではないのですよ」

「お、じゃあバイトでもすっか。出不精の雫が感心感心」

「あなたが働きなさい！」

怒り心頭で爽太にうったえる。

三浦さんの件が終わった翌日より、さて次の依頼をと考えていたのですが、爽太ときたらごろごろしてはゲームやテレビに興じてばかり。ご飯を作らせ、洗濯物を干させ、夜になると甘えた声でベッドを半分奪う。このままずるずる居座っては無理矢理妊娠させることでできちゃった婚を狙い、しかし酒に溺れてＤＶに明け暮れ、最終的には捨てられたわたしがドキュメンタリーに出演する姿を見て嘲笑う魂胆が見え見えです。今だってプールにあれよあれよと連れられているわけで、いや、プールがダメだと言っているのではありませんよ。わたしの美しいおみ足で彼氏連れの女性を苛々させるのは大変楽しいですし、爽太のわき腹やふとももを眺めるのはとても趣があってよろしいのですが、そうではなく、わたしにはやるべきことがあると言っているのです。具体的には魔女の使命を放ったらかして、ヒモを養う女に成り果てている現状が受け入れられないのです！

「んでもしょうがねーじゃん。雫のせいで掲示板は使えないんだし」

「うぐ」

爽太の返しに思わずひるむ。

例のネット掲示板ですが、一応あの後も運用していたのだけれど、悪戯な書きこみが多かったので、つい説教してしまったのがまずかったのか。そこからは炎上の嵐。ムキになって応戦した結果、アクセス禁止措置を食らってしまったのだ。

「一応大学に頼んで貼り紙もしたんだけど、うまくいかなくてなー」

「そ、そうでしたか……それはどうも」

意外にちゃんとしていた爽太から顔を逸らす。三浦さんが例外だっただけで、やはり簡単に依頼人は見つからないようだ。その現実にげんなりしてしまう。

ちなみに三浦さんはというと、今やSNS界ではちょっとした女王となっている。

どうもあの一件が何らかの形で広まったらしく、彼女が元々持っていたアカウントはバズりにバズり、女性から莫大な支持を得ているのだ。三浦さんも期待に応え、プロフィール欄に『男には　問答無用で　玉パンチ』と一句を載せている。

一方で、わたしとの関係も良好であり、一日一回は必ず連絡がくる。紗菜ちゃんと呼んでもらうことをあきらめられないらしく、よく飽きもせず続くことだと感心します。

「ふう。うまくいかないものですね」

とにかくそういった感じで、わたしたちの計画は大いに停滞していた。

依頼人は見つからない。立派な魔女になれた実感もない。世の中がよくなった感覚など微塵もなく、本当に何のために魔女が継がれているのか疑問が深まるばかり。本日何度目かのため息が漏れ出る始末。

「ま、焦ってもしょうがねーって。夏休みも長いんだし今は楽しもうぜ」

そんなわたしを見かねたのか、爽太は手をとり、プールの床をトンと蹴る。ゆらりと身体が引っ張られ、水中に全身が投げ出される。温い水はちゃぷちゃぷと揺れ、悪戯に顔を撫でる。繋がれた指先の熱さに心臓が高鳴る。

（なんだろう。この感じ）

思い出すのは、眠る爽太の手を握ったあの夜だ。

あれ以降、どうもざわついた感覚が胸の奥でうずいている。彼に触れる度、手の届かない身体の内側が全身の自由を奪ってしまう。そわそわして、苛々して、でも心が満たされてゆく。これはやはりそういうことなのだろうか。

再会の感動でうやむやになっていたけれど、わたしと爽太は男と女。日が経って感動が収まり、成長した爽太に触れたことで、女の子の部分が意識しているのだとしたら。

わたしは爽太のことを異性として、恋――。

「あああああ！　だったら何なんですかこのおたんちんはぁああ！」

「ぎゃあああ！　んだよ耳元でいきなり！　またヒステリーか⁉」

今度は脚を使った三角絞めで本格的に彼を地獄へと案内する。他意はありません。今の顔を見られたくないとかそういった理由ではなく、とにかく爽太が悪いのです。

「やれやれ。よくわかんねーけど、そっちがその気ならこうだ！」

「ちょ、やだ、何するんですか」

「にしし。わき腹とおへそが弱点なのは知ってるんだぜ、おりゃりゃりゃりゃ！」

「待っ——あはは！　待って、おへそは、あははは！」

くんずほぐれつ。無邪気にはしゃぎ、暴れ続けた。くすぐる爽太を、お返しとばかりに覆いかぶさって沈めんとする。跳ねる飛沫がきらりと光り、無数の泡が全身を覆い、こそばゆくさせる。水中では地上の音が届かず、二人だけの世界があった。幼馴染ならではの、特別で、それでいて何でもない関係であり続けるのが楽しかった。

「行くぜ雫、必殺——」

「あはは、覚悟なさい爽太——」

真夏の太陽に照らされ続ける八月に、焦がれ続けた。

次なる依頼者が見つかったのは、その八月も半ばとなる頃だった。


「こんにちは。清大二年の氷川孝介《ひかわこうすけ》です。よろしくお願いします」

「都大二年の北条雫です。よろしくお願いします」

「俺は爽太。よろしくー」

カレンダーがお盆の時期に差し掛かる頃。依頼者である氷川さんと待ち合わせたのは、彼の通う大学近くにある個人経営の喫茶店だった。

こぢんまりとした店内には店主のこだわりか、星座をモチーフにした骨董品が置かれており、クラシックな音楽と相まって、ゆったりした空気が流れていた。紅茶のポットもかわいらしいデザインで、手に取るだけで気分が安らぐ。あまりこういった店は利用しないのだけれど、たまには爽太とモーニングに来るのもいいなと思えた。

「それにしても嬉しいなぁ。相談に乗ってくれる人がこんな美人さんだなんて。女友達が全然いないから、すごくたすかるよ」

「にゃはは。雫は割と見た目だけだから期待しちゃダメだぜ」

「爽太さん、両手を差し出してくださいますか。カップのかわりにあなたの掌で紅茶をいただきたいと思います。あっつあっつのこの紅茶を」

依頼者の氷川さんは爽太の悪ふざけにも動じず「北条さんは面白い人なんだね」と笑っている。細身で背が高く清潔感があり、マイペースな雰囲気の彼からは、いいとこのおぼっちゃんという印象を受ける。事実そうなのだろう。提げているバッグひとつにも高級感がある。コンビニのレジ袋がよく似合う爽太とは大違いです。

彼と出会うことになったキッカケは、数日前に遡る。

「閃いた。雫の水着動画をアップして注目を集めればいいんだ」

「お馬鹿なんですか？　もう一度訊きますけど、お馬鹿なんですか？」

爽太がアホなことを言いだしたのが先日のこと。

何とか阻止したものの、その辺を境に火が付いたようで。

「でも雫の外見を利用しない手はないと思うんだよなぁ」

「わたしの動画をアップすれば独身男性が殺到するのは間違いないですが、お近づきになれない苦しみを与えてしまうだけなのでダメです」

「すげぇ自信だな……じゃあこないだのライブ動画もアップしようぜ。鼓膜的な意味でふるいにかけてやるんだ」

「絶対にダメです！　そもそも動画なんて撮ってないでしょう」

「確か紗菜ちゃんが半笑いで撮ってたはず」

あの子ったら！

「なあなあ動画アップしようよ～。俺も動画配信者みたいなことやりてぇよ～」

「ついに本音が出ましたね」

その後もああだこうだとやりとりを経て、すったもんだの末に「とにかく水着だけは無理！」という条件で動画投稿を許可したのが二日前のこと。椅子に腰かけるわたしが「あなたのお悩みを解決します」と呟く動画をアップしたのだ。

その結果というか、SNS女王の三浦さんが推薦してくれたおかげでしょうか。それなりに広まったようで、後は爽太が依頼人を厳選した結果、今に至るというわけだ。依頼を探すだけでひと苦労だと実感します。

それでも何にせよ、依頼人が見つかったことには感謝すべきでしょう。魔女については伏せた状態で世間話を交わし、頃合いを見て氷川さんに依頼内容を訊ねてみた。すると返ってきたのは予想外というか、死ぬほどくだらないものだった。

「中学生の妹がいるんだけどね、反抗期なのか『お兄ちゃん』て呼んでくれないんだ」

「は？」

眼前で繰り出されたわたしの渋い顔に気づいているのかいないのか。

深刻そうな声で氷川さんは続ける。

「うちは四人家族でさ。とても仲良くやってるんだ。父さんは企業の社長でね。いずれ後を継ぐために努力してるんだけど、一方で兄妹仲がいまいちでね。何度頼んでもお兄ちゃんて呼んでくれないし、洗濯物も見ちゃダメって言うんだ。妹も将来、父さんの会社に入る予定なんだけど、それを抜きにしても仲がいいに越したことはないでしょ。でも反抗期の女の子の気持ちがわからなくて、どうしたらいいか迷ってるんだ」

本当に困り果てているといった顔で、いかに参っているのかを説明する。それを見たわたしは、百歩譲って穢れのない性格ですねと解釈するしかなかった。まったく、どうして爽太は天然気味な人ばかり選ぶのか。とりあえず思うことはひとつです。

「どうよ。雫ちゃん」

「何がですか爽太さん」

「雫ちゃん的にこの依頼は」

「そうですね。雫ちゃん的にこの依頼は、懲役二十年といったところでしょうか」

「ええ⁉　ちょ、懲役⁉」

「出たぁ雫ちゃんのギルティジャッジ。今宵もさとりガールが火を吹くぜ！」

はしゃぐ爽太の頭をはたき、氷川さんのぽかんとした顔を見据え、口を開く。

いかに彼がぱっぱらぱーであるかを教えるために。

「いいですか。まずあなたは大変気色が悪いです。お兄ちゃんと呼んで欲しいとか、よくそんな悩みを用意できましたね。あなたがもし小太りの脂ぎった外見をしていたら、それだけで終身刑は免れませんからね。清潔感を意識しているようなので情状酌量を考慮しますが、それでもこの時点で懲役十年です。まずはここまで、いいですか」

「じ、十年、これだけで十年も」

「だははは、今日も雫は平常運転だ！」

青ざめる氷川さんと、笑い転げる爽太。

そんな二人を他所に、残り十年の罪について続ける。

「それに何より、家族だからと言って甘やかすのがよくありません。サラっとコネ入社させるようなことを言っていましたが、そういうところから甘えが生まれ、反抗期に繋がるのではないですか。以前にも大学入学したての頃に社長の娘を名乗る学生がおりました。両親が医者の甘やかされて育ったのでしょうね。本当にお姫様のごとくわがままでした。

わたしに親近感でも覚えたのか、付き纏ってきて大変鬱陶しかったのを覚えています。あまりにも鬱陶しかったので『かかわらないでください』と言ったら、掌を返したように言いふらされましたよ。『美人なのを鼻にかけている』とか『美人だから見下している』とかいい加減な妄想を。まったく美人というのは損ばかりです。ほんと美人は苦労しますよ。美人に生まれたばかりに嫉妬されるのですから。美人でさえなければ……。

話が逸れましたね。とにかくわたしが言いたいのは、家族だからと甘やかせば怠惰が生まれ、家庭が崩壊し、熟年離婚を経てからの第三次世界大戦に繋がるということです。仕事なんてそこそこでいいのです。さとり世代として出世に興味を持たず、プライベートを確保するのがベストです。しかしそこにコネ入社があれば歪みを生んでしまいます。それらを避けるためにも甘やかしすぎず、一定の厳しさを持つことで反抗期と戦うのです。それを理解できるなら執行猶予がつきますが――いかがですか？」

「は、はあ」

わたしの迫力に圧倒されたのだろうか。氷川さんはぽかんとした顔でそう呟いた。一方で爽太は相変わらず爆笑中なので、デコピンしておいた。

そうしてしばらく沈黙が続き、何か思うところがあったのでしょう。

氷川さんは真剣な顔でこう言うのだ。

「確かにそうかも。反抗期だからって甘やかすのではなく、厳しく接することも必要なんだね。うん、その通りだ。これからは気をつけてみるよ」

純朴そうな分、物分かりはいいらしい。特に反論するでもなく素直に受け入れた。それを見てわたしも紅茶を手に、ひと息つこうと思ったのですが。

ここから事態は思わぬ方向に動くのだ。

「でも、ううん、うちは少し事情が特殊だからなあ。そこをどうしようか」

「特殊？　どういうことですか」

「実は妹は先天性の病気でね。身体が弱くてずっと入院してるんだ」

「え？」

ぽかんと。今度はこちらが呆気にとられてしまう。

「それに妹は養子になったばかりでね。正確には義妹に当たる関係なんだよ」

「え」

「学校にも行けないから友達もいなくて。だから僕が側にいるようにしてるんだけど」

「な」

「こないだも夜中に随分と熱が出てさ。そんなあの子を見てると、どうしても甘やかしてしまうんだよ。ううん、難しいなぁ」

「……」

その後も続いた氷川さんの話をまとめると。

病気の妹さん、名前は瞳《ひとみ》さんというらしいですが、彼女は生まれつき神経の病気を患っており、人生のほとんどが病院暮らし。しかも家族がおらず身寄りもない。そんな瞳さんを、たすけになりたいという理由で養子申請をして、承認がおりたのが一年前のこと。だけど一年経っても、兄妹仲がいまいち改善されないとのことだった。

「にしし。雫ぅ、早とちりで説教しちゃダメだぜ。人には色んな事情があるんだから」

「ぐ……でも、この場合は最初にそれらを説明すべきでは」

弁解しつつも顔が赤くなる。やってしまった。相手の事情を知りもせず、一方的にあれこれ言ってしまうなんて。

だけど氷川さんは特に気にしていないようで。

「お願い北条さん。キミの意見はもっともだけど、それでも依頼を受けてくれないかな。いずれ厳しくするにしても、まずは仲良くなりたいんだ。あ、お金ならいっぱいあるよ。何たって社長だからね。経費も報酬も遠慮せず要求して。社長だからね！」

そんなとんちんかんな言葉が放たれる。素朴というか天然というか。そういうところがダメなのではと思うも、これ以上説教するのはやめておいた。偉そうに言った手前、気まずかったですし、何より行動に移った方が早いと判断したからだ。

「わかりました。先走ってしまったことですし、依頼を受けたいと思います」

「ほんと？　ありがとう北条さん」

氷川さんは店内にもかかわらず立ち上がり、わたしの両手をとってはぶんぶんと振り回すのだ。「依頼が成功した際には奢らせてよ。受けた恩は返す。その積み重ねが社長のオーラを形成するからね」と妙なことまで言う始末である。余計なお世話でしょうが、この人が次期社長で大丈夫なのでしょうか。不安しかありません。

「で、まずはどうする雫」

「そうですね。とりあえず瞳さんに会いに行きましょうか」

爽太の席の前に置かれたオレンジジュース。その隣にあるストローの袋を何気なくつまみ、そう告げる。

わたしの提案に爽太は輝く笑顔で応えた。

「おし、じゃあ始めるか。雫の使命、第三ステージだ！」

瞳さんの入院先は喫茶店から徒歩で十分ほどの、国立病院だった。

じりじりと灼《や》き尽くす真夏の太陽にやられたわたしたちはロビーで涼み、その後、受付で名前を記入。氷川さんの案内で二階にある病室へと向かった。

辿り着いた病室の、窓際にあるベッドにて本を読んでいた件の少女——瞳さんは、事前に想像していた姿とはかなりかけ離れたものだった。

「はじめまして。氷川瞳です。孝介さんがお世話になってます」

「はじめまして。友人の北条です」

「うっす、俺は爽太。よろしくな」

礼儀正しく頭を下げる彼女を見て、思うことはひとつ。

（すごくちゃんとしてる子じゃないですか）

そう思うのも無理はないはず。てっきりものすごくわがままな困ったちゃんが出てくるのだと思っていた。しかし実際は真逆もいいところ。

黒髪がよく似合う彼女は色白で痩せており、不健康そうなところはあるものの、精神的には健康そのもの。受け答えはしっかりしており、きちんと挨拶ができている。笑顔も愛らしく、とても好印象。本当にこの子が反抗期なのでしょうか。

その疑いは、どうやら正しいらしく。

「瞳ったら。孝介さんじゃなくてお兄ちゃんって呼ばないと」

「やめてよ恥ずかしい。呼び方なんてどうでもいいでしょ」

「どうでもよくないよ。それより洗濯物が溜まってるね。ひとっ走り洗ってくるよ」

「やめて。洗濯は自分でやるって決めてるから。前にも言ったでしょ」

「遠慮することないよ瞳。血の繋がりはなくても僕たちは家族なんだから。それより汗をかいてないかい？　身体を拭いてあげるよ。さあ、服を脱いで」

「いいから余計なことしないで。もう、孝介さんのおばか！」

「ひ、瞳……」

つんと。瞳さんは視線を逸らし「見苦しくてすみません」と頭を下げる。片や氷川さんは「ね、反抗期でしょ？」と言いたげな視線を向けてくる。そんな視線を向けられた手前、大変申し上げにくいのですが氷川さん——やっぱりあなたに問題があるんじゃないですか！　ちょっと待ってください。まさかこの人、本気で反抗期だと思っているのですか？　だとしたら今回の依頼はボンボンメンタルに魔導具を物理的な意味でぶつけまくって叩き直すスパルタ的なものに変えざるを得ないのですが。ちょっと何ですかこれ。全然予想していたのと違う展開なのですが。

「あらら。雫、今回は俺たちの出番がないかもな」

「もう、あなたがちゃんと選別しないからこうなるんですよ」

小声で爽太とそう交わすも、今さら「後は若いお二人で」と言って帰るわけにもいかず。

結局その後も病室で団らんすることになった。

氷川さんが「夏休みの宿題を手伝うよ。お兄ちゃんは賢いんだよ。次期社長だからね！」と言えば、瞳さんが「もう終わったから余計な心配しないで」と切り捨てる。その態度に氷川さんはへこむけれど、傍から見る分には仲睦まじい兄妹そのものだった。小さな平穏が、確かにそこにあったのだ。

だから、これはもう放っておいても大丈夫だと。そろそろ日も暮れるので、今日は帰ろうかと。提案しようと思った矢先に、事態は意外な展開を見せる。

「こんにちは。おや、お客さんかな」

時間や服装的に仕事帰りだろうか。病室を訪れたのは彼らのご両親だった。

わたしと爽太は即座に挨拶する。

「うーす。俺は爽太だ。よろし――痛ぇ！」

「失礼しました。孝介さんの友人の北条です。よろしくお願いします」

「ははは、随分と楽しそうなお友達ですね。孝介と瞳の父です。よろしく」

「母です。瞳のお見舞いに来てくれたのね。ありがとう」

爽太がいきなり粗相をかましたにもかかわらず、ご両親は深々としたお辞儀で丁寧に挨拶してくれる。その振る舞いを見て、思う。

（随分と上品なご両親ですね。さすが社長といったところでしょうか）

田舎育ちのヒモニートとは天地の差。高そうなスーツに身を包んだ氷川夫妻は外見だけでなく、言葉遣いひとつで温和とわかる人物だった。孝介さんの両親にしては少し年齢が高いと思うものの、初老の雰囲気がとても和やかな印象を与えてくれる。この夫婦に愛されたがゆえの長男だと納得できる、すてきな夫婦がそこにあった。

そしてその愛は、もちろん新たなる家族にも向けられる。

「瞳、具合はどうだい。今日はいつもより顔色がいいかな」

「お父さんお母さん、こんにちは。今日はとても調子がいいの」

「それはよかったわ。みなさんがお見舞いにきてくれたおかげかしら」

「やれやれ。僕には懐かないのに、父さんたちには懐いてるんだから」

朗らかな笑顔が病室に咲く。ザ・平和と言っても過言ではない景色。

氷川さんが言うように、瞳さんとご両親はとても仲が良かった。病床の子供を養子に迎えただけのことはある。立派というか人間ができているというか、こんなご両親の側にいられるならさぞ幸せだろうと思える幸福がそこにあった。

そんな団らんを邪魔するのも悪いと思い、別れを告げて病室をあとにすることにした。

最後まで誰もが笑顔を欠かすことなく、これなら魔導具は必要ないなと思った。

が、次の瞬間。

それに気づけたのは果たして偶然だろうか。

（え？）

それはほんの小さな、ため息と呼ぶにはほど遠い何かだった。

だけどわたしたちが病室を離れる寸前、瞳さんが奇妙な表情を両親に向けたのだ。

同時に、カチッという不思議な音も病室に響いた。

（あれって）

バスの中。窓の外では、街のシンボルである河川を夏の夕焼けが赤く染める。

　爽太はひとりで「女子高生はミニスカートという考えは安直すぎる」という心底どうでもいい話をしていたので右から左に聞き流し、あの表情の意味について考えた。

　もしかしてあの子は両親と――。

「んでよ、俺が思うに女子高生はソックスの方が重要だから」

「爽太さん」

「ソックスの色が白か黒かを第一に考えることで」

「聞きなさいアホ爽太！　普通、一回話すのやめるでしょう！」

　叩きやすい後頭部をはたき「いでぇ！」と彼が叫んだ後、凛として告げる。

「今回の依頼は骨の折れるものになるかもしれませんよ」

「へ？　マジで？」

　ぽかんとする爽太から視線を外し、窓の外の夕陽を見る。そこには言いようのない寂しさがあった。黄昏は希望と絶望をない交ぜにして、不安をくれる。

　得体の知れない思いを夕闇に溶かしながら、バスに揺られ続けた。

　なぜ骨が折れると考えたのか。それはやはり自身の経験ゆえだろう。

　その時におばあちゃんより教わったことは今も覚えている。

「お、おばあちゃん、ととと、止めてぇ！」

「ふふふ。それは無理さね。渚ちゃんにハンドルを握らせた以上、この山はフランコルシャンすら天国に見える地獄のサーキットと化すのさ」

「ししし、死んじゃう〜〜〜っ」

「すまないねぇ。しかしあたしゃハンドルを握ると性格が変わるんだよ」

「いつもそんな感じじゃない！」

その日は梅雨ということもあって、しとしと雨が降り続ける一日だった。

東京からやってきた両親をおばあちゃんの車で麓まで届けた後、「雫。おばあちゃんとドライブするかい」という誘いに頷いてしまったがゆえに、悪路という悪路を猛スピードでぶっちぎるデスレースを体験していた。ほんとに死ぬ……気分が——おええ。

そうして走りまくること数十分。

ようやく気が済んだのか、おばあちゃんは車を小高い丘の上に止め、外の空気を吸おうと提案した。雨は上がっており、草木の匂いと湿った空気の冷たさが鼻の奥を刺激した。濡れた露草が歩く度に雨粒を跳ねさせ、脛をくすぐる。薄い雲の切れ間から仄《ほの》かな光が差しこむ。雨上がりの空は夜明けに似ていると感じた。

おばあちゃんは、こんな話を始めた。

「雫。魔法ってものを知ってるかい」

「魔女が魔導具を使うための力のこと？」

「ノンノンノン。それはただの魔女の力さ。魔法ってのはね、魔女じゃなくても誰でも使える、特別でありふれたものなのさ」

「特別でありふれたもの？」

意味がわからず呆けるわたしに、おばあちゃんは空を見上げて続けた。

澄んだ空気のおかげか、その声はわたしの内側に染みこんだ。

「赤ちゃんってのはね、どんな大切なおもちゃでも『ちょうだい』って言われれば素直にくれるんだよ。そして嬉しそうに笑うんだ。ありがとうと一声かけられるだけでね。これが人の持つ魔法だ。神様がお与えになった、かけがえのない魔法なんだよ」

「はあ」

頷きつつ、意味がわからなかった。どこに魔法の要素があるのかと思ったからだ。

それでもおばあちゃんは話を続けた。曇り空を見上げながら語るその姿は、もしかしたら遠い未来へ託すよう話していたのかもしれない。

「この世界に生きる人はみんな魔法使いさ。魔導具を使えなくとも、心がある限りみな魔法使いだ。心は時として魔法を凌駕する。心こそ真の魔法。心が幸福を感じる時、その人の周りに幸せの花が咲く。それはとてもすばらしいことなんだ。人はすべて誰かが誰かの魔法使いさ。雫もきっと、魔法使いに出会う」

見上げたおばあちゃんの顔は、とても嬉しそうで、寂しそうにも見えた。

誰かが誰かの魔法使い。

意味はわからなかったけれど、その言葉は鮮明に覚えている。

そして、続けて教わった話も忘れはしない。

「だからこそ雫。魔女ってのは、この世界の誰よりも幸せな存在なんだよ」

「魔女が？　どうして」

幼い問いに、おばあちゃんは心からの笑顔で応えた。

「魔女は魔導具を使って人々に幸せを運ぶことができる。魔導具はそのすばらしさを教えてくれる。これはね、とってもありがたいことなんだ。だからこそ魔女は世界中にそれを伝えなくちゃいけないんだ。これが本当の魔女の使命。おばあちゃんも、そのまたおばあちゃんも、ずっとずっと昔から受け継いできた世界との約束さ。その使者が、次は雫の番なんだよ」

「ふうん」

おばあちゃんの話はやっぱりわからなくて、でも、すごく大きなエネルギーで包みこんでくれて。ドクンドクンと流れる自分の血が、遥かな過去より継がれてきたものだと教えてくれた。当たり前のものとしてあった心が、世界によって望まれたものだと言われた気がした。おばあちゃんはわたしにとっての魔女であり、魔法使いでもあった。

「雫。心配しなくてもいいよ」

「何を？」

「お母さんもお父さんも、雫に会えて嬉しそうだったさ」

「……」

「大丈夫。雫はみんなを幸せにできる。雫が生きているだけでみんな幸せなんだ。きっと今に世界が雫によって幸せになる。雫ほど誰かのために戦える魔女はいないからね」

「そうかな」

「そうに決まってるさ。それを自覚した時、雫は――」

この後、おばあちゃんは何と言っていただろう。思い出せない。雲の切れ間から差しこむ光によって、耳が、世界が覆われてしまったから。でも、それはすごく勇気をくれるものだったと覚えている。心が勇気を貰えたと叫んでいる。

きっとずっと求めていたものがあったのだろう。忘れてしまったということは、つまり今のわたしはそういうことなのだろうか。

雨上がりの薄い夢はそこで終わった。


瞳さんと邂逅した翌日より、しばらくは変化のない日々が続いた。

一応名目は、妹と仲良くなりたい氷川さんの依頼をこなす形で。瞳さんとご両親には、兄が妹の退屈しのぎに友達を連れて来ていると説明して。本音では、瞳さんの態度に思うところがあったので、様子見がてらお見舞いする日々を続けたのだ。

正直、遠慮はあった。病床の彼女の負担にならないかと思ったからだ。だけどそれは杞憂だった。入院中というのは想像以上に暇をもてあましており、瞳さんは意外にもお喋り好きだったようで、すぐに心を開いてくれたのだ。

ある日にはこんな話をした。

「雫さんは今までに何回告白されましたか？」

「告白？」

思わぬ台詞に、お見舞い用のゼリーを落としそうになってしまう。

「だって雫さん、とっても綺麗ですから。モテますよね」

「そ、そんなことは」

「あるに決まってます。今まで見た誰よりも美人ですから」

「そ、そこまでのものでも」

「わたしが男子なら絶対放っておきません。いっぱい告白されましたよね」

「そんなことは……まあ、ありますけど」

「きゃーっ、やっぱり。雫さんかっこいい！」

ついついおだてられたわたしは、ニヤけそうになる頬を抑えながらクールに髪を靡《なび》かせる。一見大人しそうな彼女ですが、年相応の一面も持っているようです。氷川さんと爽太の「北条さんってモテるんだ。すごく恐いから敬遠されてると思ってた」「その通りだ。モテるのは事実だけど告白されまくりはぜってぇ嘘だ」という会話にも耳を貸さず、わたしの顔を夢中で眺めている。とりあえずあの二人は後で蹴り倒しておきましょう。

そんな瞳さんですが、ませすぎなところもあるようで。

「てことは、これまでに何人も彼氏さんがいましたよね」

「え？　ええ、まあ」

咄嗟に嘘を吐いたのがよくなかったのか、続く問いかけにピンチを迎える。

「じゃあ、初めてのキスはいつでしたか」

「キス⁉」

「はい、ファーストキスです。実はですね」

こしょこしょと瞳さんは耳打ちする。

「別の病室の男の子から告白されまして。断ろうと思うんですけど、キスくらい済ませておきたくて。だからごめんねのキスをしようと思うんですけど、どう思います？」

「そ、それは」

大ピンチ。思わぬピンチに変な汗が止まらない。

さとり世代として恋愛などに現《うつつ》を抜かしている暇はないと説教したいところですが、彼氏がいたと言ってしまった以上、後には引けず。

「い、いいんじゃないですか。わたしも中学の時に水族館で初めてを済ませましたから」

「水族館で？　ロマンチック！」

適当な嘘でしのぐしかなかった。

そしてこれがさらなる危機を招く。

「どういう感じでキスしたんですか」

「え、えええと、確か向こうが強引に」

「強引にされるのは憧れですよね。雫さんは何て言ったんですか」

「えと、か、カメが見てるからダメって」

「雫さんかわいい！　で、どんな味でしたか」

「味は……たまご焼きみたいな」

「？　お昼の後だったんですかね。舌は入れましたか」

「舌⁉」

「雑誌で読んだんです。舌を入れないようでは子供だって」

「……それはもう、れろんれろんに絡ませて」

「きゃーっ、きゃーっ！　雫さんかっこいい！」

言いながら自分でわからなくなってくる。水族館でカメに見られながら舌を絡ませまくりのキス（たまご焼き味）をかます。どこにときめく要素があるのでしょう。

「雫さん。わたしが思うに――」

「そうね。そういうのもいいんじゃないかしら――」

その日はその後も、振り回されっぱなしの時間が続いた。

また別の日には、こんな一面を見たこともある。

「あ、甚五郎《じんごろう》が来ました」

「ダメだよ瞳。野良猫はまずいって」

とある日のお昼過ぎ。窓の向こう側に、一匹の猫がぴょこりと現れる。色んなものをつたって二階まで上がってきたようだ。名前を付けているあたり、どうやら常連のお友達らしい。名前の由来が気になりますが。

「わかってる。部屋には入れないよ。ちょっとお野菜をあげるだけ」

「もしそれでバイ菌が移ったら」

「これくらい大丈夫だから。孝介さんはあっち行ってて」

「がーん」

妹の棘が鋭く刺さる。「やっぱり嫌われてるんだ……」と呟きながら、爽太に連れられ部屋を出て行く。あの人はいつになったら嫌われていないと気づくのでしょう。

そんな兄を気にすることなく、瞳さんはお昼の残りであるトマトを差し入れする。

もくもく食らう甚五郎を見守りながら、こんな話をする。

「実はわたし、獣医さんになろうと思うんです」

「そうなんですか。理由を訊いても」

問いかけに、瞳さんは歌うような声で続ける。

「わたしは身寄りがなくていつもひとりで、そんな時にまだ仔猫だったこの子が励ましてくれたんです。この子も家族がいなくてひとりでしたけど、それでもたくましく生きていて。負けてられないって思えて。だからその恩返しがしたくて」

「そうですか。いいお話じゃないですか」

珍しく素直にそう思うことができた。それは幼い自分と似通っていたからだろう。

前にも言ったように、かつてわたしにも親友がいた。青空を詰めこんだような瞳の黒い猫。いじめに苦しんでいた当時は、あの子だけが友達だった。

臆病なあの子は、他の野良猫や、時にはカラス相手に負けていた。エサを取られ、傷だらけにされ、か細い声で震えて鳴くのみ。それでもわたしの顔を見るなり駆け寄ってきては、涙を拭うよう舌で慰めてくれた。

自分も辛いはずなのに、泣いている誰かを見過ごせない。その愛しい心に影響されたのなら、瞳さんを応援しない理由がどこにあろうか。わたし自身、あの黒猫とは納得いく別れができなかった悔いがある。だからこそ、この子にはうまくいって欲しいと願う。

「精進してください。強い思いで挑めばきっと叶いますよ」

「はい、がんばります」

ただ、同時にひとつの疑問が頭に浮かぶ。

「そういえばお兄さんが自分の会社にあなたを入社させると言っていましたが」

「孝介さんが社長の会社は無理です」

「どうして」

「考えてみてくださいよ。孝介さんが社長ですよ」

考えてみる。お天道様がよく似合うぼんぼん社長が、ひっきりなしに妹の様子を見に来ては「困ったことはないかい」と接している景色を。

…………。

「無理ですね」

「はい。無理です」

互いに頷き、沈黙する。そして、ふっと噴き出しほくそ笑む。歳は離れていても友達がいない者同士、気が合うのではと思えた瞬間だった。

しかしその一方で、楽しいことばかりでもなく、初日より抱いていた心配が裏付けられる一幕を目にすることにもなる。その日の夕方のことだった。

病室で談笑するわたしたちに、仕事帰りのご両親が加わる時間帯。何気ない団らん。傍から見れば、とても平穏な空間。

だけどふとした会話で、透明なヒビが現れるのだ。

「本当に瞳は物分かりのいい子で。雫さんもそう思うでしょう？」

「そうですね。うちの爽太さんにも見習って欲しいくらいです」

「まったくだ。うちの雫にも同じことが言えるからな」

「爽太さん。喧嘩を売ってらっしゃるのですか」

「ふふふ、仲がよろしいんですね。瞳、あなたはまだ子供なんだから、もっとわがままを言ってもいいのよ。欲しい物はないの？」

「あはは、大丈夫だよお母さん。欲しい物は全部揃ってるから」

カチッ。

（また……）

娘と母の何気ない会話。だけどその最中にも、薄く小さな音が鳴る。

やはりこの子の両親に対する振る舞いには不自然さがある。どこか緊張しているのが見てとれるのだ。養子だからまだ打ち解けられないのだろうか。でも、それだけではない気もするのだ。

そうした疑惑は、また別の日に積み重なる。

この日は氷川さんの都合でお見舞いに来るのが遅れたのだけれど、なぜか病室の前で佇むご両親と出会い、そこで瞳さんが発熱のため処置室に連れられたと聞くのだ。

「瞳の病気は命にかかわるものではありませんが、免疫低下の症状が特徴です。元気な日もあれば、吐き気や眩暈に悩まされる日もあります。一番酷い時は視力に影響して、何も見えないという日さえありました」

「ふうん。やっぱ大変なんだな、病気ってのは」

　待合室でご両親より話を聞き、爽太の声を聞き流しながら思う。

　一見、元気に見える彼女だけれど、長期入院しているだけあって彼女の身体はよくないのだ。平常時から微熱があり、それが当たり前になっているだけ。そんな話を聞くと、急に現実へ戻されたように感じてしまう。少女を蝕む現実に。

「せっかく来てくださいましたのに申し訳ありませんが、今日は顔を見るだけにしましょうか。あの子の負担になってはいけませんし」

　処置が終わり、瞳さんが病室に戻った後。ご両親の提案で、顔だけ見せるためにベッドを訪れることになった。辛いだろうに、瞳さんは健気な笑顔で迎えてくれる。そんな彼女に、今日は帰る旨を伝えたところで、わたしはまた奇妙なものを見る。

「そうですか。せっかく来てもらえたのにごめんなさい」

（これは安堵、かしら）

　儚げに告げる瞳さんの様子に、そんな感想を抱く。

　帰ると伝えた時の脱力具合が、両親の帰宅を喜んでいるように見受けられたのだ。さすがにもう疑いを確信に変えるには十分だった。

決定打が放たれたのは翌日のこと。

お見舞いの最中に、ぽつりと落ちた心が答えを示す。

「雫さん。甚五郎は普段どこにいるのでしょうか」

「甚五郎？」

もう熱は下がっており、しかしまだ気分が優れない様子だったので、男二人を追い出し、わたしだけが側にいたのだけれど。突如そんなことを訊ねられたのだ。

「病院裏の駐車場にいるのを見かけましたが、それがどうしました」

「甚五郎はいいですよね。ひとりになりたい時はそれが許されるんですから」

「……そうですね」

病は気からと思い知る。弱った身体は押しこめていた心を簡単に掬い上げてしまう。少し前までは楽しそうにしていた少女が、こんなにも力を失くしている。その姿に確信する。

この子は間違いなく、両親に苦手意識を持っているのだと。

理由は何か。わからない。でも、両親が関わっているのは間違いない。

帰り際に見た瞳さんの顔色から、限界は近いのではと思った。養子になって一年。タイミングとしては頃合いだ。そこにわたしが居合わせたのは偶然か必然か。

何にせよ、悪い予感はついに現実となる。

「た、大変だ。瞳がいなくなっちゃった！」

その日もお見舞いのために病院を訪れており、爽太が喉が渇いたというので寄り道したのですが。ひと足先に病室へ行った氷川さんが、叫びながら戻ってきたのだ。

「落ち着いてください。何があったんですか」

「瞳が昼にいないんだ。ふらりといなくなって、三時間前にもう戻っていなくなっていたって。ど、どうしよう」

青ざめる彼の話はちんぷんかんぷんなので、看護師さんから聞いた話をまとめると。

昼ごはんの後、瞳さんは部屋を出て行った。同室の子供たちの話では、どこか虚ろな顔をしていた。そして三時間経った今も戻っていない。とのこと。

「もしかして女子トイレの中で倒れているのかも。捜してくる！」

テンパるあまり痴漢行為に及びそうな氷川さんは看護師さんに止められるも、振り切って行ってしまった。当然、看護師さんも追いかける。

残されるのはわたしと爽太。炭酸ジュースを飲みながら彼は訊ねる。

「で、どうするよ雫」

「たぶんあそこでしょう。とりあえず行きますよ」

ため息を吐きながら、爽太を従え、てくてく歩く。正直、いつかはこうなると思っていたので驚きはない。その現場に立ち会ったのは偶然でしょうが、一応依頼を受けている身として話くらいは聞かなければ。

そう考えたわたしは、暑さも気にせず病院裏で猫と戯れる少女に声を掛けた。

「瞳さん。お散歩にしては長すぎませんか」

「ひゃっ⁉」

「にしし。見つけたぜー、瞳ちゃん」

わかりやすく驚く瞳さんは一瞬萎縮するも、すぐに息を吐く。

あきらめたような、こうなると予想していたような表情だった。

「どうしてここが？」

「ここ以外ないでしょう。ひとりになりたいと言ったのはあなたですよ」

「い、言ってません」

「言いました。目と顔とオーラとその他たくさんの雰囲気が言っていました」

「あきらめな瞳ちゃん。雫は見た目通り、言い出したら聞かない頑固ガールだぜ」

びしっと爽太の鼻先を突いた後、彼女の側にしゃがみこむ。

こちらを見つめる甚五郎をキッと睨んで威嚇した後、切り出した。

「うまくいっていないのですか。ご両親と」

「いきなりですね」

「回りくどい話は好みません」

「ふふ。やっぱり雫さん、かっこいいです」

くすくす笑う彼女はひとしきり甚五郎を撫でた後、観念したように告げる。

「はい。ずっと、うまくやれていません」

顔は穏やかに。でも心は底なし沼でもがくように、ぽつぽつ語り出した。

ずっと溜めこんできたであろう小さな苦しみを。

「お父さんとお母さんが養子にしてくれたのは去年のことです。当時は今よりもっと体調が悪くて、それが原因で性格も荒れていました。だから養子の話が出た時は嬉しくて。それで決めたんです。養子縁組を解除されないために、いい子を演じようって」

甚五郎を撫でる手が止まる。指先が微かに震える。

「最初はうまくいきました。わがままを言わず、いい印象を与えることができたんです。でも、気づいてしまったんです。お母さんに『もっとわがまま言ってもいいのよ』と言われた時に、どうすればいいのかわからなくなっていることに。そこで知りました。理想の子供を目指し続けた自分は、理想の子供からほど遠い存在になっていることに」

震える指先を甚五郎が見つめる。身体が、声が、震えてゆく。

「焦りました。もっと打ち解けなきゃ。打算ではなく、本当の親子にならなくちゃって。でも遅かったんです。今さらどう振る舞えばいいのかわからなくて。どれだけ意識してもよそよそしい態度が直らなくて。そんな日が続くうちにお父さんたちはだんだん」

続く言葉をおそるおそる待つ。

紡がれたのは、ほっとする——それでいて、とてもはがゆいものだった。

「だんだん優しくなっていったんです。元々優しかったのに、さらに輪をかけて。わたしはいよいよ焦りました。施設の先生もお医者さんも、いい子にするんだよって言うけれど、いい子になりすぎた結果、どうすべきなのかわからなくなって。お父さんたちが帰る度に、今日はいい子でいられたかとか、よそよそしい自分にガッカリされなかったかと考えるようになってしまって」

涙が滲む。目元が潤む。零れそうな激情を堪えて、彼女は零す。

「それからは毎日、夕方五時にカチッといい子スイッチを入れなきゃいけなくなって。お父さんたちが帰る度に、その日の会話を反芻して考えこむ必要ができて。そんな毎日に、もう疲れちゃって。こんなによくしてもらっているのに、お父さんたちが来なければと思うようになってしまって。ある日、気づいたんです。お父さんとお母さんがいなければ、こんな思いをせずに済んだのにと考える自分がいることに。そんな自分が嫌で嫌でしょうがなくて。いい子を演じているのがバレたらどうしようとか、本当はとっくに幻滅してるんじゃとか、考える度に不安でしょうがなくて」

ぽろぽろと堪えきれなくなった涙が流れる。それを見て確信する。

ああ、これは優しすぎるがゆえに起きた悲劇なのだと。

今回の件は誰も悪くない。優しい人しか登場しない。でもだからこそ起きた小さな悲劇だ。誰にも話せない僅かなズレが、いたいけな少女を随分と苦しめたようだ。

（さて、どうしましょうか）

涙する彼女を前に、一旦冷静になって考える。

元々の依頼は兄妹仲の改善だ。はっきり言って氷川さんが騒いでいるだけで、問題にすらなっていない。こんな不器用少女とうまくやれている彼は大物かと思うほどだ。

なので、ここで手を引いたところで問題はない。そもそも知り合ったばかりの他人が介入すべきではないと、頭ではわかっているのだけれど。

……小さな背中に思い描くは幼き自分だ。

いじめられたわたしはそれが原因で両親ともめて、それ以来、親の顔を見ることが嫌になってしまった。もしもあの時、誰かがたすけてくれていたなら今頃は。

悩むわたしの背を押してくれるのは、いつだって陽気な幼馴染だ。

「しーずーく」

「はい？」

「土俵の上に力士が二人」

「片や引退を目前とした大ベテランで、片や新進気鋭の人気若武者」

「はあ」

「後者が勝つことで時代は移ろうも、前者が勝つのもまたドラマだよな」

「……それが何か」

「それはさておき魔女の使命は依頼をこなすことじゃなく、幸せを運ぶことだと思うぜ」

「だから何ですか！　力士のくだりは何だったんですか⁉」

アホな爽太にペースを乱されながらも、考えのまとまったわたしは立ち上がる。

人助けに興味はない。今だって見て見ぬふりするのが一番だと思っている。後ろ髪を引かれはするけれど、無責任に干渉するくらいならその方がいいのだ。ここで見捨てても数日も経てばそれなりに消化し、日常に戻ることができるだろう。わたしはさとり世代。それくらいのドライさは持ち合わせている。優しさなんて損を招くだけ。わたしは優しい人を目指さないし、なりたくもない。

でも今回は、まあ利害も一致していることですし。魔女の使命を果たすために、特別に協力してやってもばちは当たらないでしょう。そう自分を納得させる。

不思議なことに、そう決めたことで心にさわやかな風が吹いた。

「瞳さん」

泣きじゃくる少女に声をかける。

「とりあえずお兄さんにこのことを話しましょう。見ての通りのボンボンですが、心だけは純粋です。きっと力になってくれますよ」

「でも」

「わかっています。あのボンのすけに丸投げするつもりはありません」

そう告げ、爽太を見る。爽太は任せろと言わんばかりに親指を立てる。

勇気を得たわたしは彼女に告げた。

「瞳さん。あなたは魔女というものをご存知ですか」


「北条さん。僕たちちって本当に誰からも見えてないの」

「そうですよ。透明人間ですから」

「声も聞こえてないの？」

「透明人間ですから」

「本当に魔女がいるなんて。しかもそれが北条さんだなんて！　びっくりだよ、なあ瞳」

「う、うん。まるで絵本に出てくる魔女のおばあさんみたい」

「だはは、雫が魔女のおばあさん！」

「お黙りください爽太さん。瞳さん、せめてお姉さんと言ってくださいますか」

数日後のとある夜。天気は曇り。

わたしと爽太、氷川さん、瞳さんの四人は魔導具の力で透明人間となり、氷川さんの実家——ご両親の暮らす自宅に忍びこんでいた。今いる場所は、ご両親がくつろぐリビングと扉一枚を隔てた隣の部屋。そこでわたしたちは電気も点けず、聞き耳を立てていた。

なぜこんなことをしているのかというと少し時間を遡ります。

「魔女の力で瞳さん、あなたを透明人間にしてさしあげます。ご両親があなたをどう思っているのか、ご自分で確かめるのが一番でしょう」

そう宣言したのが、瞳さんの悩みを氷川さんに明かした直後のこと。当然、兄妹揃ってぽかんとしていたけれど、説明が面倒なのでそれだけ言い残して退散した。実際に見せた方が早いと思ったからだ。

もちろん今回も予言書には例のごとく文字が浮かび上がり、

『海でサーフィンにチャレンジだ☆　女王目指して波と男に乗りまくろう♪』

というとんちんかんな試練を示されるも、さすがにもう慣れたもの。

これまでの経験から「考えてはいけない。心を無にするべし」と学んだわたしは海へと赴きボード一式をレンタルし、心を無にして波を相手に格闘してやりました。ええ、やりましたとも。そつなくこなす爽太やサーファーたちに笑われながらも、手足をばたつかせ、クラゲを蹴飛ばし、時折爽太にマッサージさせながら、ひたすら挑戦してやりました。一体何が楽しいんでしょうね、これ。不安定な足場に立とうとしているだけじゃないですか。全然面白さがわからないので、時間を忘れて延々チャレンジしてやりました。

そうした努力が報われたのか、最終的には男たちに「クイーン」と呼ばれる程度には嗜んだあたりでもう十分だろうと思い、自宅へ帰還。そして翌日の午後八時。

筋肉痛に苦しみながらも消灯時間ギリギリに病室を訪れ、有無を言わさず魔導具――『リュネットの黒帽子』を被ることで四人とも透明人間になり。看護師さんから認識されなくなったことに驚く氷川さんたちを他所に、爽太の用意した抱き枕を巧妙に配置することで病室から抜け出したことがバレないよう細工。そのうえでこちらも爽太が用意したレンタカーに乗り、氷川さんに運転させて家へと向かい、忍びこみ。

ようやく現在、ご両親の会話を盗み聞きしているというわけです。

「それにしてもすごいなあ。北条さんもやっぱり箒で飛ぶの？」

「箒は古いので使いません。我が家はルンバちゃんに移行済みです」

魔女との遭遇に高揚しているのか、氷川さんはそんな質問ばかり繰り返している。

反面、瞳さんは緊張しているようで。

「雫さん、やっぱり帰りませんか」

「どうしました。具合が悪いのですか？」

「そうじゃないですけど……その」

「だったらダメです。いい加減覚悟を決めなさい」

この期に及んで腰の引けた瞳さんを窘める。気持ちはわかりますが、いい加減現実と向き合うべきです。予想が正しければ、きっとうまくいくはずですから。

ちなみに氷川さんはというと、やはり妹の悩みを知った時は驚いていた。

だけど意外にあれこれ弁解せず「色々悩ませてごめんね」と微笑むのみだった。きっと彼も、わたしと同じ思いを抱いているのだろう。

といった感じで、その後もひたすら尻ごみする瞳さんを窘《たしな》め続けることしばらく。

時刻は夜の九時頃。ついに扉の向こうより、こんな声が聞こえてきた。

「それであなた、瞳のことなんですけど」

「ああ、そうだね。今日もよそよそしいままだったね」

びくりと。

瞳さんの身体が跳ね、硬直する。目が虚ろに泳ぎ、身体が震える。

だけどあえてわたしは何も言わなかった。爽太や氷川さんも同じだった。おそらくみんなわかっていたのでしょう。この後、両親より発せられる言葉が、決して少女を傷つけるものにはならないことを。

「あなた。やっぱりあの子は」

「そうだね。あの子は」

ご両親より語られる瞳さんへの想い。それは想像を遥かに上回る温かいものだった。

「あの子はやはり——とっても強い子だということだ」

「そうですね。本当に強い、自慢の娘ですこと」

「え？」

その瞬間。瞳さんの声が漏れ、震えが止まる。虚ろなその目に生気が戻る。

ほれ見なさい。やっぱり思った通りじゃないですか。

絶対そうだと思ったのですよ。このご両親が、この程度の理由で見捨てたりするわけがないと。そうじゃなければ、そもそも病気の子を養子になんてしませんよ。毎日お見舞いに来る時点で答えは明らかじゃないですか。

娘が聞いているとも知らず、ご両親の話は続く。

「あの子は本当に強い子だ。先天性の病気に家族の不在。すべてを投げ出してもいい状況なのに、そうせず必死に自分を律している。中々できることじゃない」

「ええ。嫌われまいといい子を演じるのはとても大変でしょうに。自分と戦い続けるあの姿勢には、本当に頭が下がります」

「……っ」

瞳さんの顔が赤く染まる。いい子を演じていたことが筒抜けであった事実に、恥じらっているようだ。

そんな彼女を他所に、話はさらに続く。

「真面目なあの子にとって新しい家族は負担かもしれない。重荷に感じ、疎ましく思うだろう。でも、だからこそそれを乗り越え、愛情が届く日が来れば——きっとわたしたちは本当の家族になれるはずだ。今は辛いだろうが、あの子が最適な距離を見つけられるまで待ち続けよう。根気よく、ね」

「そうですね。すぐにその時は来ますよ。だってあんなに頑張っているのですもの」

その後も、ご両親による「ザ・瞳ちゃんを褒めちぎるの会」はひたすら続いた。

あそこがすごい。ここがすごい。うちの瞳はとにかくすごい。そんな話が延々とである。

嫌われているなんて話はどこ吹く風。むしろ今の瞳さんは晒し者状態だった。人前で褒められすぎて、真っ赤になった顔は今にも弾けそうだ。

そうしたむずがゆい時間はしばらく続き、さすがに観念したのか。

瞳さんは赤い頬のまま、ぽつりと零す。

「結局、考えすぎていただけのことなんですね。怯えて偽って不安を感じて、実際はわたしが受け入れようとしなかっただけなのでしょうか」

「そうね。少なくともご家族は、あなたが心開くのを待っているようね」

台詞の続きを拾うよう、氷川さんも優しい笑みで告げる。

「瞳。不安を抱えているのはよくわかったよ。ごめんね気づけなくて。いきなり現れてさあ家族だって言われても難しいよね。でも、それでも僕は瞳を家族だと思い続けるよ。これは持論だけど、家族の証明は血の繋がりじゃなく、家族でいたいかどうかだと思うんだ。

そういう意味では、僕たちはとっくに家族だと思うんだよ」

「家族で、いたいか」

「氷川さん。それ、すごくいい考えだと思います」

　瞳さんの呟きに重ねるよう、思わず氷川さんを賞賛する。この人は何でしょう。天然に見えて、いきなり目の覚めることを言いますね。今のは胸に響きました。

　さらに、男の子によるすてきな演出は続く。

「なあなあ。部屋の隅で見つけたんだけど、これって瞳ちゃんへのプレゼントか？」

「あ、うん。レターセットと文房具一式だね。もうすぐ養子にして丸一年だから、サプライズで贈ろうって話をしてたんだ」

「ちょっと爽太さん。何を勝手に持ってきてるんですか。氷川さんも、サプライズを本人の前で言ってはダメでしょう」

　慌てて口を挟むも、爽太はお構いなしに何ということか、包装紙をはがし始めたかと思うと、中のレターセットを開けたのだ。ちょ、ちょっと。

「何してるんですか。海水を飲み過ぎて脳までクラゲになったのですか？」

「違ぇよ雫。逆サプライズってやつだ。新品のはずのレターセットに、瞳ちゃんが先回りで両親への想いをしたためておくんだよ。そしたら瞳ちゃんへプレゼントを渡そうとした時に何が起こるか——わかるだろ？」

「何が起こるかって、あなたねぇ」

その提案に呆れながら思う。逆サプライズとか言うけれど、そんなの——めちゃくちゃすてきじゃないですか！　ちょっと爽太さん、いつの間にそんなオシャレなことを考えられる頭になったのですか？　毎日一緒にいるからわたしの聡明さが移ったのですか？　何にせよニートとは思えないファインプレーです。

「その……こうす——兄さん」

「っ！　ふふ、何だい瞳」

盛り上がるわたしたちの側で、二人の兄妹は心を寄せ合う。

「実は欲しいものがあるの」

「欲しいもの？」

「夜更かしして見てたアニメがあるんだけど、そのグッズが欲しいなぁなんて」

「へえ。瞳が夜更かしなんて意外だね」

「そのことを手紙に書いてもいいかな。あれを買って欲しいって」

「いいの？　夜更かししてる悪い子だってバレちゃうよ」

「いいの。いつまでもいい子じゃ、いられないから」

灯りのない部屋に一輪の笑顔がふわりと咲く。眩しい絆が兄妹を繋ぐ。

扉の向こうからは、夫婦の温かい笑い声が聞こえてくる。扉一枚を隔てたこちら側で、子供たちが心結ばせているなんて夢にも思わないだろう。何だかそれが、とても尊いことだと感じた。きっともう、この家族は大丈夫だと思えるほどに。

「どんな風に書けばいいかな」

「思うままに書けばいいよ。僕たちは家族なんだから」

兄妹は手紙に想いを描く。そこに何が書かれているのかはわからない。でも、見なくてもわたしにはわかる気がした。透明人間の紡ぐ手紙には、きっと見えないけれど、とても熱い想いが宿っているはずだから。

ひとつ屋根の下に集った家族四人。互いを想い合うすてきな夜はしばらく続いた。

ここまでなら、すてきな絆を見れたで済む話なのですが。

この話にはもう少しだけ、切ない続きがあった。

（あれ？）

それは手紙を包み直し、そろそろ病院へ戻ろうかという時だった。

扉の向こうで交わされた会話に気付いたのがキッカケだった。

「氷川さん。お父さまが随分とお薬を飲まれているようですが、どこか悪いのですか」

「え、ああ。何年か前に腫瘍が見つかってね。それでさ」

「「え――」」

何でもないように放たれたその台詞に、わたしと瞳さんの声が重なった。

その空気を察したのか、慌てて彼は補足する。

「あ、でもあれだよ。余命わずかとかそういう話じゃないよ。手術も成功したし。ただ、見ての通りの歳だからね。長くはないだろうって話なんだ」

「え、あ——そう、なの」

淡々と告げられる衝撃の事実。何と答えればいいのかわからなかった。

そしてこちらも知らなかったのだろう。瞳さんは青い顔でうろたえ始める。それを見た氷川さんは、ふっと微笑み、愛する妹に言い聞かせるよう語り出す。

「父さんはね。今でこそ穏やかだけど、昔は情熱溢れる人だったんだ。会社を背負い続けてきたから、大変なこともあったんだろうよ。だけどある日、調子が悪いから病院に行ったら腫瘍が見つかってさ。びっくりしたよ。手術だの入院だので一気に生活が変わったからね。それがキッカケだったのかな。それ以来父さんはしょっちゅう口にするようになったんだ。『残りの人生で誰かのたすけになりたい』ってね」

「誰かの、たすけに」

瞳さんの呟きに、氷川さんは笑顔で頷く。

「入院中は僕や母さんが面倒見てさ。負担には感じなかったんだよ。仕事で大変だった父さんのたすけになれるのは嬉しかったし、ゆっくり話す機会もできたからね。ただ、父さんはそんな僕たちを見てひとつの発見があったらしいんだ。『人には誰かをたすけることで幸せになれる機能があるのか。すばらしい』ってね。大げさでしょ」

ふふと笑い、彼は嬉しそうに続ける。

「そこからは一直線。仕事は部下に任せて人助けの毎日さ。お世話になった人への恩返しに、被災地でのボランティア。僕も随分手伝わされたよ。そんなある日に養子の話が出たんだ。生まれつきの病気で、家庭に恵まれない子供がたくさんいる。父さんは即決だった。せめてその中のひとりでもたすけてやりたいって。自身が病気持ちだから養子申請も時間ががかかってさ。そうして長い審査を潜り抜けて出会えたのが、瞳ってわけさ」

「わたし……」

優しい声音で彼は紡ぐ。愛する家族の愛おしい心を。

「命の危機を知ったからこそ苦しむ人のたすけになりたい。誰かをたすける幸せを知ったからこそ自分もそうなりたい。父さんにとって、瞳のたすけになることは負担でも何でもない。むしろ瞳をたすけることで父さん自身が幸せになれるんだ。心のままに動けることは幸せだと父さんは言っていた。そんな父さんを僕は誇りに思うよ」

兄の話を聞き、瞳さんは沈黙する。その顔には驚きと戸惑いと、そして確かな灯《ともしび》が宿っているのがわかった。その火が消えることは決してないだろう。大きな炎となり、病にも打ち勝つはずだ。わたしにはそんな予感があった。

ただそれでも、ひとつだけ気になることもあった。

「氷川さん、あなたは悲しくないのですか。お父さまがいずれいなくなってしまうことが」

「うん、もちろん悲しいし寂しいよ」

わたしの不安を、彼は寂しい笑顔で肯定する。

でも、そこにあるのは弱さではなかった。

「だからこそ決めたんだ。僕は立派になって笑顔で見送るって。まだまだ半人前だけど、勉強して成長して、もちろん瞳とも仲良くなって、安心して父さんを逝かせてやるんだ。実は会社の経営が父さんの心残りみたいでね。それで社長になろうと思えたんだ。受けた恩は返す。その積み重ねで立派な社長になれる。父さんはいつもそう言っている。ならば僕は父さんから受けた恩を、社長になることで返そうと思うんだ。父さんの後を継ぐのは誰でもない、僕自身でありたいんだよ。それが僕にとっての心のままに——だね」

「そう、ですか」

にこりと笑う彼の顔から、視線を外さざるを得なかった。

大切な人との別れを覚悟している。そのうえで親の期待に応えようとしている。親のあとを継いで社長になるだなんて、最初は何を呑気なことをと思っていた。でも違った。失ってから後悔しても遅いと彼は知っている。こんなにも力強く行動できている。

男の子はすごい。子供っぽく見えて、いつも光を絶やさないでいる。その眩しさに、自身の影を嫌でも見つめてしまう。わたしは両親に何をしただろうか。おばあちゃんの期待にいつになったら応えるのか。氷川さん。あなたはわたしよりよっぽど。

「ごめんなさい」

「え、何が？」

「あなたのことを何もわかっていなかった」

「そうなの？　ふふ、でも僕は北条さんのことをわかっていたよ。最初に会った時から、この人は絶対力になってくれるって予感してたからね」

何もしていない。

爽太に言われるまま動いただけのわたしを、それでも彼は褒めてくれる。

「北条さん。キミが魔女でよかったよ。ありがとう、たすけてくれて」

「……」

輝く笑顔で彼は笑う。その隣で瞳さんもお礼を言う。わたしは何も言えなかった。

わたしだけがひとり、暗い夜に取り残されていた。

その後の話です。

透明人間のわたしたちは効果が切れる前に家から出て、来た時と同じ方法で病院へと戻った。瞳さんに負担をかけたことが気掛かりだったけれど、ベッドへ戻った彼女はとても元気そうで、そのまま眠りに就いた。「おやすみなさい」と兄に告げる彼女の声には、大きな愛が詰まっていた。

そうして病院を出た頃に、効果が切れる。元に戻った氷川さんは「それじゃあまた。いつでもお見舞いに来てね」と言い残し、去って行った。爽太と二人になったわたしは、夜中にもかかわらず眠る気になれず、夜の街をふらついた。

気づけば街並み外れた小高い丘の上——住宅街や、街のシンボルである大河川を一望できる、空に近い場所に座っていた。夜明けも近く東の空が白んでいた。

「しーずーく。どうしたよ浮かない顔して。大活躍だったじゃん」

「そんなことないです」

とうとう爽太が声を掛けてくれる。

夜に朝が混ざり始める灰色の空。薄い曇り空は太陽の光をほんの少し地上に届ける。まだ寝静まった世界では音が聞こえず、河川にかかる橋の方から車の音が響くのみ。今まで聞こえていなかった心臓の鼓動を、急に耳が意識し始める。

「んなことないって。あの子のことを理解できたから、家族の仲を取り持てたんだぜ」

「たまたまです。たまたまあの子がわたしと同じだったから理解できただけです」

幼い自分と似ていたから理解できたに過ぎない。両親を前にコンプレックスと向き合わされ、期待に応えられない自分に失望する。失望はたやすく恐怖へと変わる。こんな自分に、がっかりされていないだろうかという恐怖に。

「時々思うの。本当は、わたしは――」

正面を見据え、目の奥が熱くなるのを感じながらあの日の続きを爽太に告げる。

雨宿りしたあの日のことを、彼は覚えているだろうか。

「わたしは、わたしじゃない方がよかったんじゃないかって。こんなわたしじゃなくて、もっと素直な人が子供だったら、お父さんたちも幸せになれたんじゃないかって。心の優しい人が魔女だったら、おばあちゃんも喜んだんじゃないかって。そう思うの」

爽太は何も言わない。その優しさに甘えてしまう。

いつだって爽太はわたしが求めていることを知っている。

「東京でいじめられて不登校になって。泣いてばかりのわたしはおばあちゃんの家に預けられた。お父さんもお母さんもわたしを怒らなかった。学校に行かなくても、東京に戻りたくないと言っても怒らなかった。本当はがっかりしているはずなのに。おばあちゃんが死んで東京に戻った後も、学校に行けず、だだをこねてばかり。挙句の果てにはお母さんたちに八つ当たりした。いじめられているのは仕事ばかりのお母さんのせいだって。でも、それでもお母さんたちは怒らなかった。悲しそうな顔でごめんねと謝ってくれた。それを見る度に胸が苦しかった。お母さんの望む子になれていない自分が。お父さんにこんな顔をさせる自分が嫌で嫌でしょうがなかった。本当はこんなことをしたいわけじゃないのに。

でも、どうすればいいかわからなくて。わたしはお父さんとお母さんの顔を見るのが嫌になった。あの優しさに触れる度に、わたしじゃなくて別の人が子供だったらと思ってしまうから」

目の奥が熱い。喉が灼けるように痛い。

身体が震える。でも涙は零れない。

流す涙はずっと見つからない。遠い昔に、どこかに消えてしまったから。

「わたしは自分に自信がない。自分のことが好きになれない。男の子を子供だと馬鹿にしているけれど、あなたたちの方がよっぽど立派でかっこいい。魔導具の力で山に帰った時、あなたはお地蔵さんを祀った小さな祠を手入れしていた。あそこは雨宿りをした思い出の場所。大切な場所なのに、わたしは朽ち果てたそれを見ても何も思わなかった。それだけじゃない。あなたのネックレスも机の奥にしまいこんで、実は一度失くしていたの。高校生の時にそれに気づいた。でもわたしは何も思わなかった。すぐに忘れてそれ以降、思い出しもしなかった。あなたがそれを提げて現れた時、すごく自分の嫌なところを見せつけられたように感じた。あなたとの大切な思い出なのに。

わたしには嫌なところがいっぱいある。たったひとりの友達だった黒猫。あの子がクラスメートにいじめられているのを見た時、わたしはたすけに入ることができなかった。わたしを見つめる目を前に、怖くて見て見ぬふりをしてしまった。そのままお別れをせず、東京を離れてしまった。いじめも親のせいにして辛くあたった。ひとり暮らしの費用も全部出してもらっているのに、未だに家族の前で笑うことができない。誰かの幸せを願えるほどできた人間でもない。でも、氷川さんのように当たり前にそれができる人がいる。それが悔しくて。魔女の力は人々のためにあると考える度に、どうしてわたしに受け継がれたのかと嘆いてしまう。わたしじゃなければ、きっと誰もが幸せになっているのに。わかっているのに。わかっているのに自分を変えられない。ひとりじゃ何もできないと知っているのに、ひとりぼっちのまま変われない。このまま変われずにいることが怖い。失ってから後悔しても遅いと知っているのに。わたしは――優しい人になれない」

涙の代わりにすべてを吐き出す。溜まりに溜まった十年分の心の澱を。

薄く光る夜明けは夢の終わりを表すようで。そこでわたしは何者にもなれず蹲っている。ごめんなさいお父さんお母さん。わたしのせいで不幸にしてしまって。後悔が、失望が、心の中で渦を巻く。

そんなわたしを掬い上げてくれるのは、いつだってただひとり。

爽太は、世界を照らす太陽のように癒してくれる。

「雫。その後悔は、優しい人だけが抱ける後悔だ」

「爽太」

寄り添い、髪に頬で触れ、心のすぐ側で彼は囁く。

柔らかな肌が、凍てついた氷を溶かしてゆく。

「雫は自分が思っているほどひとりじゃないし、ダメでもない。みんな言ってたろ。雫でよかったって。こんなにも誰かを想える人を俺は知らない。ネックレスのこと、後悔してくれるのが嬉しいぜ。優しくない人は後悔さえしないんだから」

髪に触れた爽太の頬が額を辿る。彼の唇が後を追いかける。それだけで、何だってできる気がした。心は時として魔法を凌駕する。こんなにも心が救われるなんて。

爽太はふと、ひとつの秘密を明かす。

「実はな、俺も時々怖くなるんだ。この先俺はどうなるんだろうって」

「え？」

見つめる彼の顔は、いつになく陰を帯びていた。

わたしは初めて彼の恐怖を知る。

「やっぱり魔導具と俺の記憶は繋がってるのかな。また思い出したことがある。それは、俺がこの十年間、ずっと孤独を感じていたってことだ。暗くて何もなくて、まるで死後のような無の世界に俺はいたんだ。その恐怖を思い出した」

明かされるそれは、彼が普通の存在ではないと思い起こさせるものだった。

避けられない現実が突きつけられる。

「記憶がないこと、この十年を暗闇で過ごしたこと、皆が俺を忘れたこと。記憶が戻る度に自分の正体がわからなくなる。本当の俺がどこにいるのか。本当の俺は誰なのか。今の俺は本当の俺なのか。何もわからなくなるんだ」

「……」

いつかの夜に見た、もうひとりの彼が現れる。わたしの知らない、悩み苦しむ臆病な爽太。内に隠し続けた本当の心。震える瞳を見ると泣きたくなる。彼が、手の届かない所に行ってしまいそうな気がするから。

そんなわたしに爽太は光をくれる。

涙すら消えてしまいそうな眩い光を。

「ずっと怖くて仕方がなかった。記憶が戻る度に自分が透明になっていくのを感じた。子供の時から夜が怖かった。自分がそのまま闇に飲まれて帰ってこれなくなるような気がするからだ。すべての記憶が戻った時、俺は俺でいられるんだろうか。そんな恐怖は今も拭えない。でもな、だからこそ気づけたこともある。それは雫。おまえがいれば、どんな世界でも笑えるってことだ」

手を握られる。目と鼻の先でまっすぐ見つめられる。

その顔に笑顔はなかった。彼が赤くなっているところを十年ぶりに見た。

その意味を理解した時、何かが弾けた。彼が、もう男の子ではないと知った。

「初めて見た時からかわいいって思ってた。女の子ってこんなにかわいいのかよってドキドキドキした。見てるだけで幸せになれるし、柔らかい肌に少し触れるだけで嬉しくてしょうがなかった。雫が外見だけじゃないって知ったのはすぐだった。二人で遊んでた時に、怪我して死んだばかりの小鳥を見つけたことがあったろ。雫は血で汚れるのも気にせず抱きしめたよな。つうと涙を零して。不謹慎だけど、その涙が何よりも美しいと感じたんだ。しかもその後、俺が何気なく墓を作った時に言ってくれただろ。優しい。偉い。ありがとうって。ちっぽけなことだけど、子供の俺にはそれが嬉しくて誇らしくて。雫と出会うまでひとりぼっちだった俺にとって、世界が一気に色づいたように感じて。その時に決めたんだ。俺は、雫の前では絶対にかっこいい俺でいようって」

彼の顔は真っ赤だった。鏡を見なくとも、わたしも同じだと理解できた。

心臓の鼓動が世界から音を消した。

「俺は雫をダメだなんて思わない。雫は誰よりも優しくて強い。今回だって誰かのために戦ってた。雫がそういう心を持って生まれたからだ。子供の時からそんな雫に救われてきた。いつ見てもかわいくて、俺を頼ってくれる瞬間の雫がかわいくてかわいくて。触れられる度に胸が高鳴った。雨に濡れた雫が目の前で着替え始めた時、その背中から目が離せなかった。俺は雫の一番でありたかった。かっこ悪いとこは死んでも見せたくなかった。だから雫が側にいるだけで、どんな世界でも強がれるんだ。本当の俺は強くなんてない。どこかで見た強い姿を演じているだけで、本当は夜の深さに恐怖する臆病な男だ。でも雫にはその姿を絶対に見せない。俺を、幼馴染以上の男に想って欲しいからだ」

「……爽太」

呟き、彼へと手を伸ばす。手を取り、身体ごと抱きしめてくれる。

凍りついた心が溶ける。全身が熱を帯びる。握りしめられた手が地面に倒される。身動きがとれない。怖い。でも、温もりが恐怖を包みこむ。もう何も考えられなかった。わたしはただ、彼のものになりたかった。

ようやく涙がひと粒零れた。

幼い頃から願い続けた儚いひと粒。

きっとずっと望んでいたもの。心に降り続けたすべての雨を飲みこんだ熱いひと粒。思い出に煌くそれを爽太は掬う。指は火傷しそうなほどに熱かった。濡れた手が頬に触れる。唇を塞がれる。水族館でもないし、カメもいないけれど、自分が子供ではなくなったと知った。命の輝きを抱きしめ続けた。

彼の向こうに広がる灰色の夜明け。低く蔓延《はびこ》る曇天の空。

その悲しさを、永遠に忘れないだろう。

「雫、これ見てくれよ」

永遠のような時を経て。

爽太がポケットより取り出したのは、赤い折り鶴だった。

「瞳ちゃんから聞いたんだ。ロシアには不死鳥に触れることで願いが叶う伝承があるんだってよ。こいつを雫に預ける。俺からのエールだ。受け取ってくれ」

「すてきな話。ありがとう」

赤い不死鳥を受け取る。不思議と熱い生命を感じた。

今にも飛び立ちそうな命の息吹。その伝承を忘れないでおこうと誓った。

「雫」

「なあに」

「こないだ雫のお母さんからメール来てたろ」

「……うん」

「魔女の使命を始めたこと、報告しよう」

「でも」

「大丈夫。喜ぶ」

「喜ぶかな」

「当然だ。渚ちゃんの魂を受け継いだんだ。絶対に喜ぶ」

「そうだね。そうだよね」

自分に言い聞かせるよう頷いた後、爽太の胸に頭を預ける。自然と彼の手を握っていた。

家族の証明が家族でいたいと願うことなら、わたしたちはとっくに幼馴染であることを果たしている。そして今は、さらにすてきな関係になれた。ようやく気づく。こんなにも美しいものが側にあったのだと。

（………）

だけどそう思うと同時に迷っていた。

このままでいいのだろうか。

このまま、たすけられてばかりでいいのだろうかと。

「爽太」

「どうした、雫」

「ううん、何でも」

おばあちゃんが言っていた。赤ちゃんはどんなおもちゃでも「ちょうだい」と言えば必ずくれると。人が生まれ持つ与える心。爽太はわたしにたくさんのものをくれた。

わたしは彼に何ができるだろうか。こんなにも弱いこのわたしが。

不安と恐怖を抱える彼に何ができるだろうか。

わたしは本当に――このままでいいのだろうか。

「夜が明けたな。夜明けの瞬間を見ると、世界が今から始まるって感じがする」

「そうね。特別な一日になりそうな気がする」

薄い曇り空を裂く淡い夜明け。いつか見た光景にとても似ている。爽太と雨宿りして、心を寄り添わせて。雨が止んだ灰色の空は、夜明けの曇り空にとても似ている。それはどこかわたしの幼い心にも似ていて。夜を倒せる昼を待つ、不思議な時間に思えた。

遠い過去に読んだ本にあった。人は記憶の器だと。

わたしは彼との思い出を抱えてどこにゆくのだろう。彼は、わたしとの思い出を胸にどこにゆくのだろう。心のままに生きた時、人はどこに辿り着くのだろうか。

曇り空を照らす遥か彼方の太陽を思い、彼の手を握り続けた。

四章　さとり世代の魔法使い

それは、とても大昔のお話。
森の奥に住んでいた、ひとりの魔女の物語。
彼女は生まれながらに不思議な力を使うことができた。
この世のものと思えぬ奇跡を起こす彼女は、誰からも賞賛された。
心優しい彼女は、世界のすべてと呼べる幸せを手に入れた。
魔女はある日、六つの魔導具を作った。
奇跡の力をこめた不思議な魔導具。
自らの子孫が世界をよくすることを夢見て、作り出したのだ。
そんな魔女を見て、弟子の少年は言った。
俺にその手伝いをさせてくれよと。
魔女は頷いた。
では、あなたは不老不死の精霊となり、魔女をたすけるのだと。
少年は嬉しそうに笑い、拳を掲げた。
幼い魔女の側にあり、共に笑い、共に泣き、一生を見届ける。

そして次の魔女が生まれると、再び力となり、側にあり続ける。

魔女たちの紡ぐ物語の一部となれることを、少年は大いに喜んだ。

少年を見て、魔女も喜ぶ。

心の強いこの子なら、きっと子孫を幸せへと導けると思ったからだ。

「わたしの子孫と共に、世界を見守っておくれ」

使命を託された少年は、早速準備を始めた。

精霊となるための修行を積み、良き導き手となるための旅もした。

恵まれぬ子供を救い、病床の老人を世話し、貧困街の盗賊に虐待された犬や猫をたすけてはお供にして。

彼は願った。世界がきっとよくなりますようにと。

彼は祈った。世界がもっとよくなりますようにと。

三年の時を経て、ついに少年は修行を終え、魔女の元に戻った。

永遠を生きる精霊となるために……。

――――。

――遠い彼方の最果ての記憶。幼い頃に読んだ絵本を時々夢に見る。

目を覚ますことで泡沫のように忘れ、夢の世界で再び出会い、また忘れ。

もしかするとわたしは知っていたのかもしれない。彼がどこから来て、どこへ行くのか。

世界がどこから来て、どこへ行くのか。

わたしは、知っていたのかもしれない。


八月の終わりは夏そのものの終わりであるかのように感じられているけれど、実際には八月三十一日は夏休みの終わりでしかなく、九月になったら涼しくなるかというとべつにそんなことはないどころか、むしろ涼しくなるという希望を実際の気温で裏切ってくるあたりに大いに怒りの熱を感じることにより、何だったら九月の方が暑いのではと叫びたくなるほどに、今日も今日とて普通に猛暑の九月上旬。

大学も始まり、進路についても考えなくてはならなくなり、さらには魔導具が残り三つとなり、いよいよ色々なことと向き合う必要が出てきた状況で爽太と心を通わし、幼馴染から一歩進んだわたしたちがどう過ごしているかというと――。

べつに特に変わり映えのない、ちゃらんぽらんな日々を過ごしていた。

「だああ待て待て雫！　違うんだ、これには深いわけが」

「わけもへちまもありません！　何をどうしたらこうなるのですか!?」

「夏にやり残したことをやろうと思って『スイカ割りVSかき氷&アイスクリーム with ウーロン茶 featuring 流しそうめん Remix』を楽しもうとしたらこうなっただけで」

「そのアホなイベントをよくぞ室内でやる気になれましたね！」

飛び散ったそうめんやらかき氷やらでえらいことになった部屋を見渡しながら、叫ぶ。ちょっと人が寝汗を流そうとシャワーしている間によくぞここまで。本当に朝から晩まですっとこどっこいなんですから！

「もっとうまくやる予定だったたんだよ。シャワー上がりの雫を涼ませようと思って。んだけどちらっと覗いたら仕上げのリンスに突入してたからさー。これはやべえと焦ったら、ついひっくり返しちまって」

「そもそも室内でやるのが間違いです。あと、さり気に何を覗いてるんですか」

ただでさえ暑いのに怒りのせいで余計に暑くなる現実にうなだれる。せっかくシャワーを浴びたのに無意味じゃないですか。世話が焼けるんですから。

さて本日。

テレビでは台風やら大型低気圧やらが報道されていることから、一応秋も近づいていると感じる土曜の朝。わたしたちは相も変わらず緊張感のない日々を過ごしていた。

いい雰囲気となり、想いを伝えあったことなどどこ吹く風。

イチャイチャするでもなく、頭の茹だったカップルのように「そうくん❤」「しーちゃん❤」という寒気のする呼び方をすることも当然なく。これまで通りの平凡な幼馴染として毎日を過ごしていた。べつにアレで何が変わるわけもなく、わたし自身何をしたいと思うこともありませんので、落ち着くところに落ち着いたのだろう。結局、これがわたししたちにとっての一番自然な形だということだ。

　ただ、そう言いつつもだ。

「なあなあ雫」

「何ですか。お小遣いなら昨日あげましたよ」

「違うって。今晩、隣町で花火大会があるんだよ。せっかくだから行こうぜ」

「花火大会ですか」

　以前なら迷うことなく断っていたでしょう。人ごみが気に入らないだの、4Kテレビで見る方が綺麗だの、さとり世代全開なことを言いながら。だけど今のわたしは、どうしたことかわからないけれど、それもまたいいかと思えるようになっており。

「しょうがないですね。じゃあ行きましょうか」

「っしゃあ！　そうと決まれば浴衣をレンタルだ。きっと雫は似合うと思うぞ」

「そうでしょうか。浴衣を着たことはないのですけれど」

「だいじょーぶ。だって雫は――まあここから先は言わないけど」

「誰が貧乳ですか！」

「えええ言わなかったのに！」

　などなど。爽太の頭をすぱんとはたきながらも、二人で出かけることを楽しみにすることができていたのだ。自分でもどうしたことかと思う次第です。

「さてさて。じゃあ俺は何を着てこうかね。たぶん人生初の花火大会だからなー」

「っ」

しかし、そんな穏やかな日々の中で。

ふとした瞬間に、戸惑ってしまうのも事実だった。

「雫はどう思う？　はだけた浴衣で女の子をきゃーきゃー言わせるべきかな」

「いいんじゃないですか。あなたの胸板で喜ぶ女性はいないと思いますが」

気のない返事をしながら、思う。

あの日——爽太と想いを通わせたあの後。夜明けと共に抱いた、胸をしめつけるような焦燥。あれからずっと考えている。

爽太はわたしをたすけてくれた。自身の正体に恐怖しながらも癒してくれた。それらを考える度に焦ってしまう。わたしはこのままでいいのかと。

あれから依頼人は探していない。特に理由はない。たぶんこの平和な日々が、心地よく感じているからだ。でもだからこそ恐怖する。本当にこれでいいのかと。怯える彼のためにすべきことはないのかと。そんなことを考えてしまうのだ。

きっと、そんな悩みは彼に筒抜けなのだろう。

「なあ、雫」

「何ですか」

「花火大会。やっぱ行くのやめよっか」

「え？　どうしてですか」

「音だけならこの部屋でも聞こえると思うし」

「でも」

「いいんだ。それより今日は二人だけでいよう」

「……もう」

暗い顔をする度に、彼は少年の仮面を脱ぎ捨て、わたしの知らない誰かに変わる。

その日の夜は部屋を暗くし、ベッドの上で花火の音に耳を傾けた。吐息に混ざって聞こえる花火の音は、鼓動をより速めた。彼の背骨をなぞる指先から、想いが伝わればいいのにと願ってしまう。臆病な心臓を肌の上から掴まれる度、どうしようもなく泣きたくなる。抱きしめられている時だけは、寂しさを忘れることができた。

「うっし今日は虫取りだ！　逝き遅れたセミ共を天ぷらにしまくってやるぜ」

「変なこと言わないでください。ひとりで食べてくださいよ」

翌日の日曜日は、爽太に言われるがまま虫取りに出かけた。さらに次の日も、残された夏を十年分楽しむよう、はしゃぎ回った。近場を散歩したり、電車に乗って知らない街を訪ねてみたり、街のシンボルである河川で水遊びしたり。遊んで遊んでふざけ合い。切ない夜には彼を見つめて、それに気づいた彼が熱い唇を心臓に捧げてくれて。

「爽太。わたしを離さないで」

「ああ。絶対に離さない」

幸せだった。この時が永遠に続けばと願うほどに幸せだった。永遠に世界が星の瞬く夜ならばと願い続けた。

しかし、そんな二人きりの日々は予想外の形で終わりを告げる。そしてそれが、わたしたちの運命を大きく変える事件へと繋がるのだ。

九月も半ばのまだまだ残暑厳しい晴れた日に、彼女は唐突に現れる。

「こんにちはおばあちゃん。未来からやってきました、孫の梢《こずえ》だよ。よろしくね」

「は⁉」

本日も変わり映えのしない日曜のお昼時。することもないのでわたしと爽太は家でごろごろしていたのだけれど、玄関のチャイムが鳴ったので出てみれば、そこにいたのはひとりの少女。告げられるはそんな台詞だ。

「おばあちゃんてば驚きすぎ。えへへ、びっくりした？」

「いや、え、ちょ、待――」

「何だ何だどうした」

わたしを気遣い、中から爽太が現れるも、それがさらなる困惑を招く。

「はじめまして。雫おばあちゃんの孫の梢です。よろしくお願いします」

「は⁉　孫⁉　雫に孫がいたのか⁉」

「いるわけないでしょう爽太さん。これは何かの」

「隠し子どころか孫がいたなんて……俺という男がいながら！」

「違いますって！　そうじゃなく」

「もしかしておばあちゃんの彼氏さん？　てことはあたしのおじいちゃんなの⁉」

「待ちなさい！　そういう意味ではなく」

「確かに俺は雫の男だけど、俺がおじいちゃん？　てことはまさかこないだの夜の」

「夜の⁉　きゃーきゃーっ！　おばあちゃんたら意味深！」

「ちが、あれはそういうのではなく――」

「マジかよ……確かに灼熱の夜だったけど、子供をすっ飛ばして孫ができてたとは」

「ええい一度静まりなさい！　このパッパラパーはぁああ‼」

ツッコミの追いつかない異常事態。とりあえず叫び、少女を室内に放りこむ。さらにセロトニン呼吸法をワンセット行い、素数を数え、山手線の駅名を暗唱することで気分をリセットした後、少女に訊ねる。あなたは何者かと真剣な声で。

それに対して返ってきたのは、もう覚悟していたというか何というか。

信じられないけれど、彼女がわたしの血縁だと示すものだった。

「さっきも言ったでしょ。あたしは梢。未来からやってきた孫だよ。これなら信じてもらえる？」

「うえ、マジかよ。これって」

背負っていたリュックより出てくるは、過去に戻れる魔導具『アメル・シーブの砂時計』だ。部屋を見渡すと、棚の上には間違いなく、わたしの砂時計が置かれてある。同じ魔導具が二つ存在することはあり得ない。ということはつまり。

（嘘でしょう……本当に未来からやってきた孫なのですか）

驚く視線の先で、孫の梢はにこりと笑う。

髪は漆黒。艶やかなそれはわたしとても似通っており、涼やかに整った目鼻立ちも、幼い頃のわたしに似ている気がする。長身かつ発育豊かな点が気に入りませんが、あどけない顔立ちを見るにまだ小学生だろう。何にせよ砂時計がある以上、未来から来た孫だと認めざるを得なかった。

さらに驚くのはここからである。

「わかりました。あなたが孫であることは信じましょう。そのうえで質問があります」

「いいよ。何でも訊いて、おばあちゃん」

「その前にまず、おばあちゃんと呼ぶのをやめてくださいますか」

「どうして？　おばあちゃんはおばあちゃんじゃない」

「おばあちゃんはおばあちゃんですけど、おばあちゃんじゃないんです！」

　必死に叫ぶも、梢はきょとんとした顔をする。わかりました。おばあちゃんでいいです。

大目に見ましょう。その代わり質問には答えていただきますからね。

「では梢さん。あなたはなぜこの時代に来たのですか」

「よくぞ訊いてくれました。それがさ、お母さんたらひどいんだよ」

「ひどい？」

「うん。こないだ学校でテストがあったんだけど、その日はちょっと調子が悪くて、いい結果が出なかったの。なのにすっごく怒られて。それで喧嘩になったんだけど、そしたら『顔も見たくない』て言われたんだ。だから家出してきちゃった。てへ」

「てへって、あなたねぇ」

　頭がクラクラする。

　家出。家出って。古の魔導具を使う理由が家出。ため息が止まらない。

　一方で爽太にはツボだったらしく「だはは！　さすが雫の孫、ふて腐れ方が桁違いだ！」と爆笑している。笑っている場合じゃないでしょうと思うも、面倒なので放置して、梢に再度質問をぶつける。

「家出をするのは結構です。結構ではないですけど今はいいです。でも、どうして過去に来たのですか」

「だってあたしまだ小学五年生だもん。家出したってすぐ連れ戻されちゃう。だけど五十年前なら追いかけてこれないでしょ？　うふふ」

「うふふじゃないでしょう。それで、この時代を選んだ理由は？」

「おばあちゃんがいるからだよ！　写真で知ってたけど、おばあちゃんて本当に美人だね。あたし、若い頃のおばあちゃんにどうしても会いたかったの。えいっ！」

「ちょ、ちょっと、何するんですか」

わたしの抗議など何のその。梢は抱き付きながら、この時代に来た理由を説明した。

梢のお母さん（わたしにとっては娘でしょうか）のいない時代に来たかったこと。未来のわたしから聞いた「おばあちゃんが魔女として一番輝いていた頃」に来たかったこと。そのわたしに会って魔女トークで盛り上がりたかったこと。それらを語った。

「おばあちゃんは魔導具を全部使ったの？　箒で空は飛んだ？」

「飛んでませんし箒は古いです。時代はルンバちゃんです」

「ルンバってロボット掃除機のこと？　それも古くない？」

「こ、この時代ではこれが最新なんです」

五十年のジェネレーションギャップに面食らう。この子が未来人である事実をどうも受け止められない。

そんなわたしに、梢はさらなるマシンガントークを浴びせる。

「『シビュレの予言書』って何に使うの。何か予言してくれるの？」

「この時代って何が流行ってるの？　スマホ？　わー、昔のってこんななんだ」

「それよりこの人は本当におじいちゃんなの？　結婚するの？」

「待って待って梢さん。いっぺんに質問しないでください」

もういっぱいいっぱいだった。爽太が「にゃはは。そうなんだよ。俺たちは将来を誓い合った仲で」とボケるせいで余計にそれは加速した。いけないいけない。この子のペースに乗せられている気がする。ここは毅然と対応しなければ。

「それでね、おばあちゃん。相談なんだけどあたし――」

「梢さん。あなたにお伝えすることがあります」

「なあに、おばあちゃん」

凛として頑として。まっすぐ見据え、甘える少女を突き放す。

「梢さん。今すぐ未来へ戻りなさい」

「え――」

その瞬間。梢の顔より、嬉しそうな笑みが消え失せた。

それを前にさすがのわたしも気まずくなるも、心を鬼にして告げた。

「あなたの事情はよくわかりました。家族とうまくいかなかったのですね。わたしにも経験があるのでよくわかります。ですが、だからと言って甘やかすつもりはありません。魔導具を自分のために使うなんて以ての外です。祖母なら孫に強く出れないと踏んで来たのでしょうが、そうはいきません。未来に戻りなさい。いいですね」

「おばあちゃん……」

ぽかんと。呆けた声がぶつけられる。その放心具合にまたも心が痛むも、それでもキツい態度を崩さなかった。

仕方ないでしょう。この子のしていることはただのわがままなのですから。わたしだって親とうまくやれていませんが、だからといってこんなアクロバティックな家出をしたことはありませんよ。何ですか過去の世界に家出するって。誰に似たのかと呆れる次第です。それに、もし過去の世界で何かあったらどうするんですか。過去で何をしても未来が変わらないことは確かですが、それは事象の話であって、魔女自身にどう影響するかは不明です。万が一、過去の世界で死んでしまったらどうなることやら。

何にせよこの子に非がある以上、受け入れられませんし、そもそもこの子にとってはおばあちゃんでも、こちとらまだ出産もしていないぴちぴちの学生なんです。そんな状況で孫なんて受け入れられませんし、というか今気づきましたけど、あれ、わたし、ちゃんと結婚できてるってことですよね。孫がいるってことはそういうことですよね⁉

「……やだ。帰りたくない」

「え？」

などと、世紀の発見に脳内で喝采をあげたのも束の間。

梢は歯を食いしばり、搾り出すような声で呟くのだ。

「嫌だ。絶対帰らない。顔も見たくないって言われたもん」

「えっと梢さん。それはおそらく勢いであって、きっと本心では」

「勢いじゃない。本気で言ってた。あたしだってお母さんの顔を見たくない」

「本気かどうかなんてわからないじゃないですか。そうムキにならず」

「わかるよ。どうせあたしは、できちゃった婚で生まれた子供だもん」

「何でそんな言葉知ってるんですか。そんなのあなたの想像でしょう」

「絶対そうだよ。おばあちゃんだって同棲してるじゃない。うちはお盛んな家系なの！」

「ななな何を仰るのですかこの子は！」

思わぬ方向より放たれたブローにテンパるわたしはどもりながら返すも、余計に怪しく見えたのか。さらには爽太が「ふふふ。何たって雫は夜の魔女と呼ばれる魔性の女」とちゃちゃを入れるせいでかえって誤解が深まり、「やっぱり。おばあちゃんのえっち！」と言われる始末。違います！　同棲はしていますが、このニートとは一緒に寝ているだけです。寝ていると言ってもいやらしい関係ではなく、寝相ゆえにアッパーを放ち合う関係であって、とにかくあなたがここにいていい理由にはならないのです！

（ああもう、一体何なんですかこの状況は）

といった具合に。その後も未来に帰るよう説得するも、ひねくれ具合は誰に似たのやら。梢は自前のリュックからピンク色の日記帳を取り出し、「おばあちゃんは毎晩お盛ん」と呟きながら記したかと思えば、

「やだ。意地でも帰らない」

と言い張り、終いには。

「おばあちゃんなんて知らない！　いーだ！」

「いーだ⁉　こっちだっていーだですよ！」

「まあまあ落ち着けって。ここは親睦を深めるために二人で俺の背中を流し――」

「「あなたは黙ってて‼」」

などと大バトルする羽目になってしまった。これだから最近（？）の子は。本当にわからず屋なんですから。

そうこうするうちに日は暮れ、しかし梢は未来に戻ることを頑なに拒否し、結局うちに泊めるしかなくなっていた。はあ……一体どうするんですかこれ。

「何よ。どうしてあたしが魔女に選ばれたの」

「血筋なんだからしょうがないでしょう。何ですかいきなり」

夜中。爽太をソファに追いやり、孫と二人で寝転ぶベッドの上で、梢は愚痴に似た何かを零す。

「あたしは魔女になんてなりたくなかった。なのに魔女に選ばれて、こんな目に」

「こんな目に遭ってるのは自業自得です。明日は必ず未来に帰らせますからね」

「やだ。絶対帰らない」

ふて腐れたのか、怒り疲れたのか、それを最後に梢は眠りに就いたようだ。

彼女の寝息と、少し離れた位置より響く爽太の寝息を聞きながら思う。

(本当に大丈夫なのでしょうか。嫌な予感しかしかしません)

不安に不安を上塗りした暗い夜。その夜はなかなか寝付けなかった。


正直、家出する子の気持ちがわからないかというと、そうでもない。わたしも幼い頃、盛大に家出をしていたようなものだからだ。

いじめに負けた悔しさ。仕事ばかりの親への怒り。

両親の優しさに触れる度に、理想の子供になれない劣等感に苛まれて。

たぶんわたしは、どんな顔で両親に応えればいいのかわからなかったのだと思う。親子の喧嘩なんていつの時代もそんなものかもしれない。

そこで思い出すのは、やっぱりおばあちゃんとの記憶だ。

当時のことは、よく覚えている。

「雫。最強の魔法を授けようか」

「最強の魔法？」

その日はとてつもない猛暑日で。畑に行こうと言われたので「うちに畑なんてあったんだ」と知り、田舎の祖母らしい一面があるんだと思ったのも束の間。辿り着いたのは山奥の荒れ地で、「爽太、ここに畑を作るよ。ビシバシ耕しな！」と宣言したのを前に、ああ、やっぱりおばあちゃんはおばあちゃんだと再認識した日のお昼過ぎ。

クワを片手に「いや、これ無理だろ、死ぬ～」と夏バテしている爽太を尻目に、おばあちゃんはこんなことを言いだした。

「『男子三日会わざれば刮目してみよ』ってことわざがあるだろう？」

「ないよ。絶対ないよそんなことわざ。言いたいことはわかるけど」

男子三日会わざれば刮目して見よ。確か、男の子は三日ですごく成長するから、よく見てないとダメだよみたいな意味だったと思うけど。

「女も同じさね。どんな人だって時を経れば変化する。ただ、一番いけないのは何もしないことだ。何もしなければどんどんダメになるからね。もがき苦しみ、足をバタつかせることで人は良くなるのさ。まさに雫はそれをやっている最中なんだよ」

「そう……かな」

その優しさに、虚ろな返事しかできない。それでもおばあちゃんは信じ続ける。

その有難みは、今になってようやく理解する。

「この時間は決して逃げじゃない。最強の魔法を得るための、修行みたいなものなんだ。この山で修行して、強くなった顔をお母さんたちに見せてやればいい。これから先の人生で辛いこと、悲しいこと、色々あるだろう。それらをすべて乗り切れるような、そんな笑顔を培《つちか》うことを心掛けるんだ。そうして手に入れた笑顔を見れば、みんな幸せになれる。幸せになれた人が誰かを救い、その誰かが別の誰かを救う。雫の笑顔にはそんな力があるんだ。それが人の持つ最強の魔法さ」

「最強の魔法」

呟くも、あまり納得できなかった。自分にそんなことができると思えなかったからだ。現実から逃げている劣等感は、そう簡単に消せはしない。

だからだろうか。おばあちゃんはわたしに、こうも言った。

「今すぐでなくてもいい。何年かかってもいいから、いつか辿り着けるよう考え続けるんだ。なりたい自分をあきらめられず、もがくことができるのも雫の強さだよ」

辛い時こそ笑え。負けそうな時は歌え。歌なんて心がこもっていればそれでいい。その笑顔で世界中を幸せにしてやるんだ。

そう言い、おばあちゃんはそっと撫でてくれた。心が少し救われた。理想の自分をあきらめないことへの肯定。あの時からずっと支えられている。

この日から数週間後に災害が起きた。最後に交わした会話はよく覚えていない。

たすけを呼びに行く、とわたしが叫び、おばあちゃんは「ありがとう、雫」と言った。その後、さらに何かを言ったはずなのだけど……思い出せない。覚えているのは土砂に流され、冷たくなったおばあちゃんの身体だけ。最後におばあちゃんが見たわたしは、人を幸せにする笑顔だったろうか。絶対そうではなかった自信がある。

未だに成長できないわたしに何ができるのか。家出した孫をどうすればいいのか。いつだって誰かをたすけ、笑顔を振りまいているのは爽太だ。その隣でわたしは何をしているのだろう。わたしは、わたしは……。

胸を絞めつける夢はそこで終わった。


次の日より、三人の生活がスタートした。

魔女の末裔と正体不明のヒモと未来に帰ることを拒否したおてんば娘の三人衆。既にハチャメチャさ漂う共同生活は、当然安寧なものになるわけもなく。

「おばあちゃん、台所でゴキちゃん捕まえたよ。この時代にはまだいるんだね」

「いやあああ！　何を素手で触ってるんですか、捨ててきなさい！」

ある日には梢のせいで狂ったように叫び。

「おばあちゃーん。お洋服を買いたいからデパートに連れてって。部屋着と普段着とよそ行きを五着ずつ」

「お、だったら俺の分も頼むわ雫。俺は四着ずつでいいから」

「あなたはナイロン袋でも被ってなさい！」

またある日には、爽太のせいで怒鳴り散らし。

「おばあちゃん、余ってるブラ一枚ちょうだい。ちょうどいいサイズだと思うから」

「へー、ぴったりなんだ。それより雫、今日の晩飯なんだけど」

「言いたいことがあるならハッキリ言いなさい！」

「えええ今の流れでも怒られんの⁉」

また別の日には、とある怒りから爽太をはたいたり、とにかく散々な日々が続いた。

その中で、梢についていくつかわかったことがある。

「ねぇねぇ、おばあちゃんって今までに何人と付き合ったの？」

「ひとりもいません。さとり世代として、おひとりさまこそ――」

「ひとりもいないの⁉　その歳で？」

「べ、べつにいいでしょう。多ければ偉いわけでも」

「あたしなんて今の彼氏で三人目なのに」

「三人⁉　その歳で三人も⁉」

「べつに普通だって。男の子なんてほっぺにちゅってしちゃえば一発なのに。おばあちゃんも爽太さんにやってみたら？」

「ななな何を仰るのですはしたない。それにこの美しいわたしがちゅーなんてした日には、嫉妬に狂う殿方が殺し合いを始めるおそれがあり――」

「おばあちゃん何言ってるの……」

上品そうな見た目は世を欺く仮の姿。

魔女と呼ぶに相応しい狡猾な孫は、かわいい顔でやりたい放題。未来に帰る素振りは微塵も見せず、大人を振り回しまくりの毎日を過ごしていた。わたしが一週間ほどでグロッキーになってしまったのも仕方ないと言えるだろう。

そんな日々の中でも特に疲れたのは、水族館に行った日でしょうか。

「すごい。五十年前はこんななんだ。あはは、全然今とちがーう」

「梢さん、大声で叫ばないでください。変な人に思われるでしょう」

「水族館に来るのは初めてだなー。カメばっかだぜ」

この日訪れたのは、電車で数駅ほど揺られた場所にある水族館だった。

水族館といってもそんなにおしゃれな場所ではなく、市が運営している大変地味で平凡な、入場料三百円の庶民御用達水族館である。広い割に人はまばらで、提携している大学がカメを研究しているため、カメだけはふんだんにいる水族館。なぜ梢はここに来たいと言い出したのでしょう。カメマニアなのかしら。

「せっかく過去に来たんだから、五十年でどう変わってるか見てみたいの。おばあちゃんとここに来るのは二回目だよ」

「そうですか。わたしにとっては一回目ですが」

走り回り、あっちこっちを行ったり来たり。爽太を連れてはしゃぐ梢を見て、こういうところは年相応ねと感じる。一方で、今さらながらある疑問を抱く。

（そういえばあの子、どうやって過去に来たのかしら）

方法はわかっている。『アメル・シーブの砂時計』を使ったのだ。

一度だけ過去へと戻り、好きなだけ滞在できる魔導具。使用した魔女自身がもう一度ひっくり返さないと未来に戻れないため、梢はこの時代に居座り続けている。気になるのは、どうやってそれを使ったのかである。

魔導具は基本的に誰かのためにしか使えない。さらに、使用するためには予言書にその旨を記し、提示される試練をクリアする必要がある。

試練の方はいいでしょう。何を示されたのか知りませんが、気合い次第でこなせますから。問題は、誰かのためというルールを無視できている点です。一体なぜでしょう。

そういうことを気にし始めると、他のことも気になってしまう。

試練は、いつの時代でも共通なのか。ならばカラオケのない時代はどうしたのか。そもそも『シビュレの予言書』は未だに使い方が不明だけど、どう使うのが正解なのか。

「おばあちゃん、これやろうよ。爽太さんもやってくれるって」

「へ？」

と、そこで。思考を遮るのは、紙とペンを携えた梢だ。何ですかそれ。抽選で百名様にオリジナルグッズが当たるアンケートですか？　こういうものは当たった例《ためし》がないので興味がないのですが。

「何言ってんのおばあちゃん。ボトルメールだよ。ビンに手紙を入れて海に流すやつ」

「知ってますけど、それが何か」

疑問符を浮かべるわたしに説明するのは爽太だ。

「提携先の大学が海洋調査の一環でボトルメールを流してくれるんだってよ。海の向こうの誰かに手紙を出すなんてロマンチックだよなー」

それを聞いて海のゴミ問題を危惧してしまうのは、わたしが夢のない女だからでしょうか。大学がやることですから、対策されているのでしょうけど。

「おばあちゃんもやるでしょ。この紙に連絡先とメッセージを書いて――」

「いえ、わたしは結構です」

「えええ何でぇえええ」

サイレンのように叫ぶ梢を相手に、持論を述べる。

残念ですがこの手のものには一切興味がありません。海の向こうに手紙を送る。はい、大変ロマンチックなものですね。ですが実際はどうでしょうか。さわやか紳士に届くことはあるでしょうか。ありませんね。現実とは夢のないもので、クジラやシャチにオキアミついでに飲みこまれるのがオチでしょう。そんな巨大生物のお腹の中で小魚の死体とシェイクされた手紙を読みたいと思うでしょうか。絶対思いません。それに万が一、海賊に拾われたらどうするのですか。最近の海賊はインテリなのですよ。よってわたしはこのようなものに個人情報を記すことを拒否します。

「……おばあちゃんて結構痛いところあるんだね」

「痛いとは何ですか！　わたしは安全のために当然のことを――」

「ねえ爽太さん。おばあちゃんって残念な人？」

「まあなー。おひとりさま最高論を語りつつ、検索履歴に『初婚　平均年齢』を残しちゃう程度には残念かなー」

「きぃいい！」

プライバシーを漁る爽太にパンチを放ち、そっぽを向くも、梢が「一緒にやろうよ」と騒ぎ続けるので、結局わたしも書くことになった。本当にわがままなんだから。

ただ、ここで爽太が提案したことに少し感心することになる。

「爽太さん。あなたは何を書くつもりなんですか」

「へへへ。俺は『理想の自分に届け作戦』を書くつもりだぜ」

「理想の自分に？　何それ何それ」

興味津々の梢を相手に、爽太は語る。

「普通に文通するだけじゃつまんねーからな。だから理想の自分――例えば画家になりたいんだったら、『この手紙を受け取った人は、日本にいる爽太という名の画家に届けてください』て書いて流すんだ。そしたらもし画家になれた時に、かつての自分から夢を叶えた自分に届くかもしれない。奇跡みたいな確率だけど夢があって面白いだろ」

「す、すごい！　爽太さんそれ、すっごくオシャレ！」

輝く瞳とはこのことか。話を聞き終えた梢は、極上の物語を聞いたかのように目を煌かせ、「あたしもやる。絶対それやる。その前に日記に書いておこう」と言いながら日記に記し始めた。やれやれ。背伸びしている割に何だかんだで子供なんですから。とはいえ確かに今の話はオシャレでした。爽太のくせにやるじゃないですか。

「で、結局あなたは何と書くおつもりで？」

なので、少し優し気な声でそう訊ねてみると。

返ってきたのは、どこか切なくなる答えだった。

「そうだなー。俺は理想というより願いを書くかな。雫の隣で笑う爽太に届けってね」

「え――」

不意に明かされる爽太の心の内。

どこか遠い世界へ届けるよう、彼は続ける。

「自分の正体も知らない俺だけど、雫と一緒の日々は楽しいよ。だからこそ自分の正体を知った時に、俺が俺でなくなるのが怖い。今も記憶が戻る度に、今の自分が偽りみたいに感じる時があるからな。だからこうして願っておくんだ。何があっても、俺は雫の隣で笑っているって。そう願うと何だろうな。心が軽くなるんだよ。俺は、そんな理想の未来へ向けて手紙を送る。これは俺の願いであり、決意みたいなものなんだ」

「そうね……いいと思うわ、すごく」

そんなことしか言えなかった。急に胸が締めつけられてしまったから。

彼は強い。不安なはずなのに、怯えも恐怖も感じさせない。この頃から、爽太はこういった覚悟を時折口にするようになったと思う。一方でわたしは、未だ彼の想いにどう応えるべきか答えが出せなかった。それが孤独を呼び、寂しくなってしまって。

つい、小さな願いが零れてしまう。

「水族館」

「へ？」

「カメ」

「ん？」

「たまご焼き」

「雫、急にどうした」

「……何でもないです」

怪訝な顔の爽太から視線を逸らす。

わかっている。これでわかれという方が無理がある。

でも、自分からするほどの勇気があるはずもなく。

「本当に何でもありません」

「そっか。んじゃあそろそろ書こうぜ」

ため息を吐きながら願いをあきらめ、ペンを手にした次の瞬間。

「――っ」

「にゃはは。たまご焼きの味はしねーな」

「な……んもう！」

不意打ちの行為に、真っ赤な顔で憤るしかなかった。

「何するんですか急に」

「何って、そういうことじゃねえの？」

「そういうことじゃ、で、ますけど」

かみかみでぐちゃぐちゃだ。エアコンが効いているのに汗まで出てくる。梢に見られたらどうするんですか。

だから、お詫びを求めるのは当然のことで。

「爽太さん」

「どうした？」

「お詫び」

「ったく、しょうがねぇな」

夢中になって手紙を書く梢にバレないよう、そっと唇を重ねた。

目の前の大きな水槽を、巨大なウミガメが優雅に泳ぐ。青い光が差す世界を、どこへともなくたゆたっている。薄暗い館内で見るそれは、どこか幻想的で。まるでそれは、わたしたちのようで。

青い世界に心を預ける。無音の小さい宇宙にどこまでも吸いこまれる。

あの子は一体どこへ行くのだろう。閉じこめられた水槽の中で、どこまで行けるのだろう。彼は一体どこへ行くのか。わたしは遠くない未来に、どこにいるのだろう。

「爽太、もう一回だけ」

「ああ。わかってる」

青い絶望の檻の世界で、わたしは心を奪われ続けた。

といった感じで、いつになくしんみりとした時間を過ごしたのですが、それも一瞬。

その後、手紙を書き終えた梢が、

「次はペンギン見に行こう。カメばっかりで飽きちゃった」

「お腹すいたー。お魚見てたから海鮮丼が食べたい気分」

「カメっておいしいのかな。カニがおいしいからカメもいけると思うんだけど」

などと情緒のかけらもないことを言い出したことにより、切ない空気はどっちらけ。水族館を制覇した後も、隣接する飲食店やデパートをはしごさせられた。

「疲れた……この子はどれだけおてんばなのですか」

「にひひ。お疲れだな、雫」

そうして時刻は午後五時過ぎ。夕焼けが眩しく、ガラガラなことから侘しく感じる帰りの電車にて。河川に沈む夕日を見ながら、ぐっすりと眠る梢への愚痴を零す。さすがの爽太もくたびれた顔をしていた。

「しかし家族ってのは似るもんだなー。昔の雫にそっくりだぜ」

「どこがですか。わたしはこんな感じではないでしょう」

「んなことねーぞ。自分を美人と自覚してるとことかそっくりだ」

彼の軽口に黙ってしまう。過去の清算をさせられている気分だ。

「だからかな。何だかんだで雫によく懐いてるように見えるよ」

「そうかもしれませんが、やっぱり馴染めません。二人きりだと絶対喧嘩してます」

今言ったのは割と本心だ。基本的な価値観が合わないうえに、色々と悩んでいるところにこのわがままである。どうしたって苛ついてしまう。

　さらに、目下一番気になることも判明しておらず。

「そもそもこの子は何をしたいのですか。家出と言っていますが、いつまでこの時代にいる気でしょう」

「何だろなー。魔女トークしたいとは言ってたけど、話し足りないとか」

「でもこの子、初日に『どうして自分が魔女なのか』と言ってましたよ。『魔女になりたくなかった』とも言ってましたし」

「マジで？　ううん、どういう意味だろ」

　どうして自分がと思う気持ちはよくわかる。わたしだって自分のダメさを自覚してからは、他の人が魔女だったらと思うばかりだ。まあそれはわたしに限った話かもしれないけど。ではこの子の場合は一体何なのだろうか。

　魔女を強制されていることが嫌なのだろうか。でも、それだと魔女トークをしたいと言ったことに矛盾が生じる。あれはただの方便か。全然わからない。

「にしし。しーずーく」

　悩むわたしを見かねたのか、爽太はある提案をする。

「ここで悩んでも答えは出ないよ。わかんないなら本職の人に訊こうぜ」

「本職の人？」

「孫をあやす本職だ。梢ちゃんのためって名目なら魔導具も使えるだろ」

「それって」

わたしの呟きに、爽太はこくりと頷く。

「砂時計を使って渚ちゃんに会いに行くんだ。ずっと心残りだったろ」

「……っ」

その言葉に、何も反応することができなかった。もしかしたら爽太は、ずっとこれを言う機会を窺っていたのかもしれない。

一度だけ過去に戻れる砂時計。正直、これを使うことは今までに何度も考えた。だってこれが、おばあちゃんに会える唯一の手段だから。だけどわたしは。

「無理です。それだけは」

「何でだよ。むしろこのタイミングしかないと思うぞ」

確かにこのタイミングしかない。

もし誰か別の人に「どうしても五年前に戻りたい」と言われてしまえば、永久におばあちゃんに会う手段を失くしてしまう。でも、それでも踏み切る勇気がないのだ。

おばあちゃんは言っていた。この山で修行し、培った笑顔で人々を幸せにするんだと。

今のわたしにそれができているとは思えない。成長していない自分を見せてどうするのか。

何より、おばあちゃんがどんな死に方をするのか、隠したままでいることに耐えられるだろうか。無理だと自信を持って言うことができる。

砂時計に未来を変える力はない。未来を変えようとしても抗えない力が働き、結末は変わらないと教わった。ならば、おばあちゃんに死に際の話をするわけにはいかない。大好きなおばあちゃんを恐怖させることにしかならないから。

そんな事情を抱えた状態で、わたしは笑えるだろうか。そしてもうひとつ、この砂時計を使ってしまった時が、今度こそ永遠のお別れだという事実がどうしようもなくわたしを躊躇わせる。

その日の夜のこと。

帰宅し、お風呂に入り、爽太と梢がぐっすりと眠るその部屋で。

暗闇の中、小さな灯りだけを頼りに予言書を開き、自問した。

――とりあえず予言書に書いてみたら？　条件を達成しなきゃいいだけだし。

電車の中で爽太は言った。以前なら応じはしなかっただろう。

だけどこの日のわたしは、やはり限界だったのだろう。爽太のこと、自分のこと、これからのこと。おばあちゃんに話したいことがいっぱいあって。

（とりあえず書くだけ。条件を達成しなければいいのだから）

自分に言い聞かせながら、砂時計を使いたい旨を予言書に記す。

だけどここで、完全に予想外の事態が起こる。

「え？」

一体どういうことか。自分の目を疑う。

予言書は正しく機能した。これまで通り、使用するための試練が提示された。

しかし肝心の内容が、これまでとはまったく違うものであり。

『大切な人のために涙を流すこと』

「ど、どういうこと」

最も苦手とする、そんな条件。それを見た瞬間、わたしの中で何かが音を立てて崩れてしまった。なぜかはわからないけど、これまで側にいてくれた魔導具から、急に突き放されたように感じてしまったのだ。

「こんなの……どうすればいいの」

深い深い闇の中。先の見えない恐怖に、心を吸いこまれるしかなかった。


その後もしばらくは、変わり映えのない日々が過ぎた。

「おばあちゃーん。一緒にゲームしよ。爽太さんも」

「うっしやるか。俺のドライビングテクを見せてやるぜ」

「わたしは結構です。爽太さんも梢を甘やかさないでください」

ある日にはそんな会話を交わし。

「おばあちゃんの大学、あたしも行ってみたい」

「俺も行ってみてぇなー。どんな授業受けてんの？」

「あなたたちが聞いてわかるものではありませんよ」

ある日にはこんな会話を交わす、一見平和な日常が過ぎていた。しかしその中で、わたしは明らかに焦っていた。

梢の目的はわからず、未来に帰る素振りも見せず、わたしはわたしで爽太のために何ができるか答えを出せず。何より、中途半端に予言書に記入してしまったのがまずかったのか。相棒のように感じていた魔導具に「おまえにそんなことはできないだろう」と嗤われたように感じたわたしは、一気にガタついてしまったのだ。

「ねぇねぇ爽太さん。一緒にお散歩しよ。過去の世界を見て回りたいの」

「お、いいなそれ。んじゃ行くか。爽太隊長に続けーっ！」

「行ってくるねおばあちゃん。晩御飯までには帰るから」

「あ――」

焦りは苛立ちへと変わり、小さなタイミングで怒りへと変わる。

梢が何かを言い出す度に、爽太との時間を阻まれているように感じて。爽太の隣はわたしの場所なのに、いつも間にあの子がいることがどうしようもなく不愉快で。

結局、行動しない自分が悪いのに、目を逸らして誰かのせいにする。梢がいるせいで爽太に甘えられない。爽太が余計な提案をしなければこんな思いをせずに済んだのに。本当に、何て人の心は脆いのだろう。これまで享受していた日常が、すべて霧散したように感じてしまったのだ。

事件が起こったのは何でもない日曜のことだった。

九月も終わりに差し掛かった、空が大荒れ模様の日。映画を見に行こうと爽太が提案していたので、朝からおめかししたにもかかわらず、電車が止まったと報じられたので急遽キャンセル。大型台風の接近なんて誰のせいでもないのに、苛々してしまって。

幼稚な感情が、取り返しのつかない事態を招くのだ。

「おばあちゃん。だったら河に行こうよ」

「は？　河？」

梢の放ったそのひとことが、わたしたちの運命を変える。

「水族館で見たけど、カメってその辺の河にいるらしいよ。見つけてペットにしようよ」

「河ってあなたねぇ」

考えなしの提案に、ため息を吐きながら窓の外を見る。

先述したように今日は朝から大荒れ。雨はそこそこ程度だが、とにかく風が強い。びゅうびゅうと唸り、建物をきしませている。時折、はっとする轟音が響くほど。今はこの程度で済んでいるが、本格的に台風が近づけば嵐となるだろう。既に避難勧告が出ている地域もある。そんな状況で河に行こうだなんて、何を考えているのか。

「ダメです。今日は家でおとなしくしてなさい」

「えーなんで。家にいたって退屈だもん」

「そういう問題ではありません。河なんて危ないでしょう」

「大丈夫だよ。危なくなったらすぐ引き返してくるから。ね、爽太さん」

「え、ああ、うーん」

普段ならこれくらい何とも思わないのに。後に思えば、ここ数日は悪天候で洗濯できなかったり、レポートが溜まっていたりと、不機嫌だったと思う。そこに加えてこのわからず屋である。

ついわたしは、わたしを抑えられなくなる。

「ね、爽太さん。一緒に行こう。爽太さんが一緒ならいいでしょ」

「んー、梢ちゃん。さすがにこの天気じゃあ」

「どうしてよ。男の人がいれば大丈夫だって」

「いやぁ、俺がいたところで」

「何よいくじなし。男のくせに頼りないんだから」

「だはは。手厳しいぜ」

「いいから行きましょ。おばあちゃんなんて放っておいて――」

「いい加減にしなさい！」

「――っ⁉」

しんと。怒声を合図に、部屋が静まり返る。

外からは風の音。室内には台風ニュースの音。建物全体が軋む音。色んな音が混ざっているはずなのに、この時だけはおそろしいほど静寂に包まれたように感じた。

ここでやめておけばよかったのに。なのに驚く梢に怒鳴り続けてしまう。

「いい加減にしなさいよ。いつもわがままばかり言って。こんな日に河だなんて何を考えてるの。何もわからないなら言う通りにしなさいよ。これ以上迷惑かけないで！」

「し、雫」

ピリついた空気が張り詰める。静寂の棘が神経を逆撫でする。

梢が色を失くした顔でこちらを見ている。たぶんわたしはわかっていた。勝手に不機嫌になっている自分が悪いのだと。梢はまだ小学生なのだから。

なのにそれを認められず、積もり積もった不満がさく裂する。

「それだけじゃないわ。あなたが来てから爽太と二人でいられないのよ。あなたは知らないでしょうけど、わたしたちは忙しいの。大切なことをしている最中なの。それをあなたのせいでずっと邪魔されて――もうこれ以上、爽太との時間を奪わないでよ！」

その後もわたしは叫び続けた。

どれだけ不満か。どれだけ我慢しているか。これまでの不満を、あらん限りぶつけてしまった。叫びながら、何て自分は未熟だろうと思い、泣きそうになった。

くだらない。結局はただの嫉妬。

小学生を相手に、好きな男の子をとられているからだだをこねているだけ。本当にみっともない。自分の中にこんな幼稚さがあったなんて知りたくもなかった。

当然、そんなわたしに梢は反撃する。

「何よ……おばあちゃんは、あたしより爽太さんの方が大事なの」

「梢ちゃん、これは――」

爽太が止めようとするも、梢も止まらない。

拳を握り、歯を食いしばり、身体を震わせ喉をひくつかせ。

涙をめいっぱいに溜め、不満を吐き出した。

「何なのよ。みんなしてあたしを邪魔者扱いして。そんなにあたしがいらない子なら出て行けばいいんでしょ。もういいよ。おばあちゃんなんて嫌い。すごく子供っぽいもの。爽太さんから聞いたよ。昔、先に百回勝った方の願いを叶える約束をしたって。何それ。ダサすぎ。何が楽しいの。バカみたい」

「な――」

頭に血が昇ってしまった。ここからしばらくのことは覚えていない。

それほどに、彼との思い出をけなされることは耐えがたかった。

「そんなんだからおばあちゃんには友達もいないんだよ。学校でもいじめられてたんじゃないの？　あたしだったらいじめちゃうよ。今だってあたし、クラスの駄目な子をいじめてるもん。無視されてるのにしつこく学校に来るから不登校にしてやった。すごいでしょ？　あたしは間違ってない。弱い方が悪いもん。あたしは強いから何をやっても」

「黙りなさい！」

「雫！」

我慢できるわけがなかった。思い切り梢の頬をはたいていた。

爽太との関係に唾を吐かれたようで。幼いわたしの悔しさを嘲笑《あざわら》われたようで。

もう、自分を止めることができなかった。

「あなたが魔女なんて間違ってる。やっぱりわたしの代で終わらせるべきだわ。孫でも何でもないわ。どこへでも出て行きなさい！」

「……っ！　く、うう」

溢れる涙は止まらない。嗚咽と感情を零しながら、梢は嵐の中、出て行ってしまった。

床に落ちた涙が、責めるようにくっきりと跡を残す。きっとこの跡は永遠に消えないのだろうと感じさせた。

「言いすぎだ雫。子供の言うことだぞ」

「でも、でも」

大切な人がわたしを責める。

爽太の言う通りだ。全部わかっている。わかっているけど。

でも、この時だけは味方して欲しくて。大切な思い出に泥をかけられたのだから、一緒に怒って欲しくて。慰めて欲しくて。なのに爽太はわたしを責めて。

こんなに爽太のことを想っているのに通じなくて。そもそも爽太のせいでこんなことになっているのだと責任転嫁してしまって。

(何よ、何でわかってくれないのよ)

急に、よそ行きの服を着たままの自分が恥ずかしくなった。気合いを入れて着飾っている自分が、滑稽に思えてしまった。

とうとうわたしは、爽太にまで当たってしまう。

「偉そうに言わないでよ。十年間も放ったらかしにしておいて」

「雫。それは——」

「おばあちゃんが死んだ時、何をしてたのよ！」

言ってはいけないひと言だった。なのに、思い通りにならない現実が悲しくて。どうしても彼を責めたくて、絞り出せたひと言がそれだった。悲しそうな顔が視界に入り、慌てて目を逸らす。もう遅い。やってしまった。悔しい。自分の幼さが。でも抑えきれない。

何てわがままなのだろう。何でこんなわたしが魔女なんだろう。

「もういや……もう知らない」

呻き、家を出た。強い風が責めたてる。雨が服に染みこみ、身体が黒く汚れてゆく。背中にかけられる言葉は何もなかった。


どれくらい走っただろうか。傘も財布もスマホも持たずに飛び出したわたしは、暗い空の下をひたすら走っていた。風に怒鳴られ、雨に叱られ、悲しみを誤魔化すよう怒りを募らせた。泣くもんかと堪えることに集中した。それも長くは続かなかった。

疲れた足は立ち止まる。激しくなってきた雨が打ちつける。ひと粒ごとに自分の中から光が失われるのがわかった。濡れた髪が顔に張りつき、不快だ。車が通り過ぎる。おめかしした服を台無しにするわたしは、どれだけ惨めか。何もかもが嫌になる。

子供の頃にもこんなことがあった。あの時は家出じゃなくて、山で迷子になって。でも爽太が迎えに来てくれて——そうだ。あの日に百回勝負は一度だけ決着がついたんだ。わたしが勝ち、爽太はお願いを聞いてくれた。だけど今は。

「………」

爽太は来てくれない。雨は止まない。帰る場所なんて当然ない。

行ける場所は、ひとつしかなかった。

「ふふふ」

「何で嬉しそうなんですか」

「えへへ。こういうの、友達っぽいなあと思って」

「帰ります」

「わーわー待って待って。行かないで。ほら、紅茶を淹れたよ」

引き留めるのは、この夏に知り合った同級生――三浦紗菜さんだ。わたしをベッドに座らせた彼女は正面に座り、反省の色なくニコニコしている。ため息がまろび出る。

なぜここにいるのかというと、答えはシンプルです。

行くあてがなくなったことで知り合いを頼るしかなく、かといって友達のいないわたしがあてにできるのはここしかなく。

以前に聞いた三浦さんのアパートを何とか思い出し、「何も聞かず入れて」と懇願し、快く受け入れてくれた彼女にかつてない愛情を抱きながらシャワーを浴びさせてもらい、服まで与えてもらえたことで友情とはなんてすばらしいのかと思ったのも束の間。苦しむ友人を迎え入れるという、ドラマにありそうなシチュエーションにご満悦な彼女は「この後シリアスな相談を受けて、わたしがいい感じに励ますんだよね！」と言いだし、やっぱり友情なんてロクなものではないと思わせてくれているという始末です。本当に緊張感のない子なんですから。

だけど、それでもひと息つかせてくれる存在はありがたかった。さらに、自分が思った以上に追い詰められていたと知ることになる。

紅茶をいただくわたしは、普段なら絶対に言わないような、誰にも見せないよう心掛けているはずの心情を、ぽろりと零してしまう。

「実は少し喧嘩になってしまいまして」

「喧嘩って、爽太くんと？」

「はい。爽太と孫のことで」

「は⁉　孫⁉　北条さんと爽太くんに孫がいるの⁉」

「あ、いえ、その」

（しまった）

何という失態か。わたしとしたことが、梢の存在を明らかにしてしまうなんて。

さらに、混乱した頭は余計なことを喋ってしまう。

「いえ、そうではなく、子供を、子供の面倒を見ているんですけど」

「子供⁉　爽太くんと北条さんの子供⁉」

「違います！　爽太との子供ではありません！」

「べつの男の人の子供を産んだってこと⁉」

「そうじゃなくて！　あの子はわたしの子供じゃなく――」

「爽太くんが別の女の人に産ませた子供の面倒を見てるの⁉」

「いや、ちが――」

「北条さん、それはダメだよ。なんか不幸の香りしかしない」

「ええい違うって言ってるでしょう！　このやりとりは一回やってるんです！」

もどかしくなったわたしは、面倒なので全部説明してやった。

魔女の力は隔世で受け継がれていること。わたしの孫は魔女であること。その孫が魔導具の力でタイムスリップしたこと。彼女が原因で喧嘩をしたこと。爽太に過去の記憶がないという点だけを伏せて、すべてを説明した。どうせこの子は魔女の存在を知っているわけだし、この子なら明かしても大丈夫だろうと考えていた。そう思える時点でわたしたちは友達だったのだろうか。何にせよ、話して正解だったと知る。

「なるほど。それで酷いことを言って飛び出してきちゃったと」

「はい。わたしなんかが魔女じゃなければ、こんなことにはならなかったのに」

俯くわたしの前で、三浦さんは「うーん」と唸る。決してそれは非難や咎めるといったものではなく、愛情溢れる、優しさの詰まったものだった。

「北条さん」

「何ですか」

「それでもわたしは北条さんが魔女でよかったと思ってるよ」

押し黙るわたしに、三浦さんは続ける。

「わたしは知っての通り友達もいなくて男の人を見る目もなくて、自分のことをダメだなぁて思うことがしょっちゅうだけど、それでも自慢できることがあるとすれば、それはあの日、北条さんに悩みを相談できたこと。他がダメでも、その一点だけでおつりがくるの。何でかわかる?」

答えを知らないわたしを見据え、彼女は救いの言葉を紡ぐ。

「答えは簡単。北条さんというすてきな人と出会えたから。あなたはひねくれてるし、怒りっぽいし、とっても変な人だけれど、それでもわたしをたすけてくれた。わたしのために怒り、あんなにも力強く戦ってくれた。その瞬間にね、北条さんの全部が好きになったの。だって、あんなに誰かのために怒れる人なんて他にいないもの。人は不思議だね。たったひとつでも好きになれるところがあれば、その他全部がまとめて好きになれるんだから。そんなすてきなことを教えてくれたあなたは、やっぱりわたしにとっての魔法使いだよ。あなたが魔女じゃなければなんて、絶対に思わない」

ただひとりの友達による励ましの言葉。自信を取り戻させようとする優しい心。それはわたしの中に、少しだけ希望を生んだ。

たったひとつでも好きになれるところがあれば、その他全部がまとめて好きになれる。確かにその通りかもしれない。三浦さんの素直すぎる性格を、最初は見下していた。でも今は、その純粋さにこんなにも救われている。まぐれみたいなものだけれど、あの日、力になれたことを嬉しく思う。こんなにも彼女を愛おしく感じるのだから。

でも、だからこそ。

「ごめんなさい。それでもわたしは自分に自信を持てない」

「北条さん」

三浦さんの切ない声が響く。

三浦さんをたすけたのは事実だ。だけどやっぱり、あれはまぐれでしかない。感情任せに動いた結果、たまたまこの子を救う結果になったに過ぎない。氷川さんの時もそう。その時々の感情で動いた結果、偶然うまくいっただけで、そもそもわたしは彼らのような優しい人ではないのだ。

感情任せにしか動けないから、今日のように酷いことも言ってしまう。自覚しながらも何かを変える勇気がない。そんなわたしが魔女であることを、わたしはどうしても受け入れられないのだ。

「ふふ、やっぱりわたしじゃここまでだね。爽太くんの言う通りだ」

「え？」

でも、だけど。

落ちこむわたしに、それでも三浦さんは明るい声を掛ける。

「北条さん。実はあなたがここに来ることはわかっていたの。魔女であることに不安を抱えているだろうから、思うままを伝えてくれって、事前に言われていたの」

「え――それは誰から」

聞くまでもない。そんなことをするのはひとりしかいない。

「北条さんが来る前に、爽太くんから電話があったの。ズブ濡れでやってくるから、たすけてあげてって。コーヒーは苦手だから紅茶を淹れてくれって。ごめんね黙ってて。わたしにしては準備がよかったのはそのおかげなんだ。あ、でも細かくは聞いてなかったよ。だから孫がいるとか言い出した時はびっくりしたんだから」

「そ、そうだったんですか」

目の前のカップを見て理解する。そうだ。この子にはコーヒーが苦手と言ってなかったはずだ。なのに当たり前のように紅茶が出てきて、サイズの合う服が出てきて。全部知っていたんだ。わたしがどこで何を悩んでいるのかを。

（敵わないですね）

ふうと、奇妙な吐息が辺りに漂う。

すべてお見通しな幼馴染に、小さく微笑み降参する。これが、ずっと燻っていた黒い靄《もや》をかき消してくれた。心は、ほんの小さなきっかけで救われると知る。

「北条さん。電話してみよう。爽太くんに」

「爽太に、ですか」

わたしの内側を見透かすよう、三浦さんはスマホを手に告げる。画面には、わたしのスマホ——爽太へと繋がる番号が示されていた。それを前に躊躇う。どうしても恐怖が拭えなかったのだ。だけどそれでも、彼女は優しく諭してくれる。

「爽太くんは言ってたよ。雫は頑固だから、ちょっと励ましたくらいじゃ立ち直らないって。でも、俺にならそれができるって。信じてみよう。幼馴染なんでしょ」

「幼馴染」

何でもない言葉を魔法のように感じたのは、それだけ寂しかったからか。言われるがまま、わたしは彼に電話をかけていた。

（爽太——）

祈る想いに応えるよう、ワンコールですぐに彼は出る。

『えー、おかけになったさとり世代は現在、ヒステリーのため家出をしております。「むきいいい」という怪奇音の後に、メッセージを——』

プッ。ツー、ツー。

通話を切るわたしを三浦さんが訝しむのも束の間。

すぐにかかってきた着信を受けた瞬間、慣れ親しんだ声が聞こえてくる。

『おいおい何で切っちゃうんだよ雫』

「何でもへったくれもないでしょう！　よくこの流れでボケれましたね！」

『だははは。面白かった？　今の面白かっただろ？　ぎゃははは！』

電話の向こうの今世紀最大のお馬鹿さんに怒鳴りつけるも、耳元で響くは陽気な笑い声だ。それを聞いて――ああもう、何ですかこれ。人が覚悟を決めて電話したってのに。ほんと、爽太も三浦さんも、本当に――。

「爽太さん」

『どうした、雫』

笑いころげる彼の名を、小さく呼ぶ。

拳を握り、歯を食いしばり、それらを一気に緩め、告げた。

電話の向こうの、かけがえのない幼馴染に。

「ごめんなさい。ひどいことを言って。取り返しのつかないことを言っちゃった」

『にゃはは。んなことかよ。今まさに取り返しがついてるじゃん』

救われる。彼のほとばしる優しさに。

心から救われる。彼の太陽のような眩しさに。

顔が見えなくても、いつだって彼はわたしを救ってくれる。これだから幼馴染でいることをやめられないのだ。こんなにも愛しい人が側にいてくれるなんて。

「ありがとうございます。爽太さんのそういうところ、好きですよ」

『おう。俺も雫のめんどくさいとこ、結構好きだぜ』

「何ですかめんどくさいって。この美しいわたしのどこが」

『そーゆーところだよ。そこがかわいいんだけどな』

「もう、ばか」

かわいいと言ってもらえて、身体が熱くなる。電話だからか、いつもなら言えないようなことが、すっと言えた。好きと伝えるのが気持ちよかった。喧嘩していたことなんて忘れ、わたしたちは互いへの想いを語り続けた。

「小さい頃にも、こういうことがありましたよね」

『ん？　あったっけ』

「ありましたよ。山で迷子になって、ぐずついていたらあなたがたすけに来てくれて」

『あー、あったようなななかったような』

「覚えていないんですか。一度だけ百回勝負の決着がついた時です」

『悪い。印象に残ってないや』

「もう。でも、わたしにとってすごく印象的だったんです。寂しかった時に来てくれたから。覚えていないでしょうけど、あそこで約束したんです。いつかわたしが――」

その後もわたしたちは語り続けた。自然と子供時代の話になった。

あんなことがあった。こんなことがあった。

思えば爽太と電話するのは初めてだ。高揚感がわたしを素直にする。「一緒にいたい」『「キスしたい」「いっぱい抱きしめて」。歯の浮くような台詞が平気で言えた。後で思い出して後悔するだろうと思いながらも、止まらなかった。

そうして随分と長く話した頃に、爽太が真剣な声で紡ぎだす。

『雫。俺も雫のことが大切だ。だからこそ覚悟を決めた』

「覚悟？」

『ああ。話したいことがあるんだ。実はもうひとつ、思い出せたことがあるんだ』

その声の真剣さに、たじろいでしまう。

そんなわたしに彼は続ける。

『思い出せたって言っても曖昧な記憶だけどな。それでも、俺が〝始まりの魔女〟の側にいた頃の記憶だ。きっと雫にも関係のある話だと思う。それを抜きにしても、雫は俺にとって一番大切な人だ。だから話しておきたい』

「爽太さん」

その台詞に黙し、彼の心を思い描く。

何を思い出したのだろう。始まりの魔女。それはどういう意味だろうか。

正直、どう受け止めればいいのかわからなかった。とてつもなく大事な何かを感じたからだ。だけど、孤独に苦しむ彼から逃げる自分ではいけないとも感じた。だから、彼の勇気に応えることができた。

「うん。わたしもあなたの力になりたい。梢と仲直りしてから、お話ししましょう」

『おう。もちろんだ』

通話はそこで終わった。

爽太と話せて嬉しいような、緊張するような複雑な気分。ただ、迷っている場合ではなかった。彼の期待に応えなければ。そう思い、三浦さんにスマホを返し、「色々とありがとうございました。梢を捜しに行ってきます。重ね重ねすみませんが、傘をお貸し願えますか」と告げた。

「う、うん、いいよ、てゆーか、わたしも一緒に行くね。スマホもいるだろうし」

「ありがとうございます。何から何まですみません」

「ぜ、ぜぜん、いいよ」

「あの、どうしたんですか。そんなに真っ赤な顔をして」

「どうしたのって、そりゃ」

挙動不審な三浦さんは赤面状態で「お孫さんが見つかったら預かるよ。今夜は……ねえ」と言い出すので、先ほどまでの通話内容を全部聞かれていたことに気づいたわたしは「何を勘違いしていているのですか。そういう意味ではありません！」と茹だった顔で叫ぶしかなかった。ホントにこの子は、どこまでいってもド天然なんですから。

しかしどれだけ叫んでも誤解はとけず、小一時間ほど説教しようかと思ったものの、そんな場合ではないと考えたわたしは「とにかく行きますよ」と言い、玄関へ向かった。

そしてここで、ようやく気づくのだ。

事態が、とんでもなく深刻となっていることに。

「うわ、いつの間にか外すごいことになってる。傘、意味ないかも」

窓の外の荒れ模様を見て三浦さんが呟き、ようやく大型台風が接近していたことを思い出した次の瞬間。

「きゃあああ！」

轟音が。

雷鳴の轟く音が唐突に世界を覆い、部屋が暗くなる。停電したのだ。

「え、な、何ですかこの音」

そして不安を煽るよう、わたしたちの耳に聞いたことのない音が届いていた。

ごごお、という耳障りな音。地面が揺れている感覚さえする。不吉な音に心拍数が上がる。全身を硬直させる嫌な音に、身動きひとつとれなかった。

そうして、しばらく真っ暗な部屋で佇んだ後。

電気が回復すると同時に、大音量で鳴り響くはスマホの緊急アラートだ。だけどその音すら暴風雨の音にかき消される。雨風が窓を痛めつけ、身体の芯が冷たくなる。慌てて三浦さんがテレビをつけると、画面に災害速報が映し出された。

そこでわたしは、信じられない光景を目にする。

『今すぐ避難してください！　河が決壊しております！　付近の方は今すぐ――』

「うそ――うそうそ、これって、すぐそこの河じゃない⁉」

後に知った話だけれど。

急速に迫った大型台風は低気圧とぶつかり、信じられない速度で雨量を増し。それにより、以前から問題視されていた河川が氾濫。川幅が百メートルあるにもかかわらず、橋を飲みこむほどに水嵩《みずかさ》が増し、下流一帯を住宅地ごと飲みこんでしまったのだ。

「待って、そんな」

思い出す。梢がどこに行こうとしていたのかを。

あの子は河に行ってカメを探そうって――。

『大雨で河が決壊しています！　付近の方は絶対に近づかず避難してください！』

テレビに映された、氾濫する河の映像に血の気が引く。赤く濁った水が、濁流となって目にも留まらぬ速さで溢れている。高所にあったはずの橋が一部崩壊し、車がおもちゃのように流されている。日常が壊れてゆく様に恐怖する。幼い頃の絶望が蘇る。

残酷な世界が、一気に牙を剥いた。

「待って、危ないよ！」

三浦さんが止めるのも聞かず、わたしはアパートを飛び出した。豪雨に打たれながら走り回り、必死に状況を整理した。

梢がいなくなったのは午前十時くらいだ。今はもう十二時。二時間近くも経過している。河に行きたいと言っていた。テレビではその河が氾濫し、下流の住宅地へと流れこんでいた。もしあの子が現場にいたら。

砂時計をはじめ、未来から持ってきたものは部屋に置いたまま。砂時計は使用した魔女自身がひっくり返さないと未来へ戻れない。つまり今のあの子に未来に戻る術はない。

「嘘でしょ……ただの悪い夢でしょ」

自分を宥《なだ》めるよう呟くも、世界はがらりと――先ほどまでの日常はどこへ消え失せたと思うくらいに姿を変えてしまい、ひたすら焦燥させる。

真っ黒な空に稲光が走り、恐怖を散らす。大量の雨が視界を灰色にして、一寸先すら見えなくする。風は暗い世界で唸り続け、立つことすらままならない。避難を促す放送は暴風によってかき消され、消防のサイレンが低い空を覆い、心臓をはやらせる。まさかここまでの嵐になるなんて。お願い無事でいて。そう祈るしかない。だけど現実はちっぽけな希望を打ち砕く。

ようやく着いたのは小さな公園。坂道の途中に作られたそこは、下界を一望することができる。そこでわたしは戦慄する。想像を超える絶望が広がっていたからだ。

「何これ」

呟きは暴風によってかき消される。

大氾濫。そう呼ぶしかない惨状がそこにあった。

わたしが知る、穏やかな河とはまったく違う景色。そこにあったのは赤い濁流で溢れ、見たこともない速度で下流へと流れ、山の倒木を住宅地へ押し流す凄惨なものだった。非日常に一瞬呆ける。さらにその目に、信じられないものが映る。

流される車。崩壊した道路と橋。流れてきた土砂や倒木で潰れた家屋。さすがに見えはしないけれど、流された人もいるだろう。現場の様子を確認するために来たけれど、失敗だった。悲惨な光景に、記憶が闇より掘り起こされる。

台風ですらない大雨がもたらした大災害。

おばあちゃんの遺体は、雨の染みこんだ土より冷たく――。

「だめ……だめ！」

必死だった。平常心なんて保てるわけもなかった。

河に背を向けて走り、暴風雨の中、びしょ濡れになりながら自宅へと戻った。あの子が戻っている可能性にかけて。でも、やっぱり現実はうまくいかなくて。

「梢？　爽太!?」

叫ぶも返事はない。部屋の中に梢はいなかった。爽太もいない。でも鍵は開いていた。事態に気づいた爽太が、わたしが戻ってくると予測したからか。机の上には『梢ちゃんを捜してくる。雫は家で待つんだ』とメモが残されていた。

爽太の判断はさすがだ。わたしが捜したところでどうにもならないのだから。だけど今だけは逆効果で。爽太に会えなかったことで、余計に冷静さを失くしてしまって。

（どうしよう、どうしよう）

迷う間にどんどん事態は深刻化する。

墨汁を零《こぼ》したようなどす黒い空に、消防のサイレンが響く。雨の轟音に混じって警鐘を鳴らすそれに、追い詰められる。もう、まともな判断もできなくなっていて。

「行かなきゃ……行かなきゃ！」

何かに縋《すが》るよう、魔導具をカバンに突っこんでいた。手掛かりになると思ったのか、梢のリュックの中身も全部詰めこんでいた。部屋から飛び出すわたしは必死に叫んだ。

「梢ーっ！　どこにいるの⁉」

叫び、走る。顔面を打ちつける雨を飛ばすよう叫び続ける。

目にする。自然災害のとてつもない力を。

低い道路は水没し、街路樹は倒れ、自転車が吹き飛ばされている。誰かが雨の中、必死に走っているのが見えた。水嵩はみるみる高くなり、足首まで水に浸かっていた。少し前まで平和な街だったのに、すべてが異常事態だ。何もかもがわたしを追い詰める。

「こんな、こんなことになるなんて」

再び思ってしまう。まさか今日、こんなことになるなんて。でも、何度も言うようにあの日もそうだったのだ。

ただの大雨と思っていたらみるみるうちに嵐となり、取り返しがつかなくなり、おばあちゃんが死んだのだ。まさかあの日におばあちゃんが死ぬなんて思わなかった。人は失ってから後悔する。失ってから後悔しても遅いと知っていたのに、わたしは——。

「……」

(——あれ?)

その時だ。ふと立ち止まり、冷静になった。冷静になってしまったのだ。

これが、わたしから最後の平常心を奪ってしまった。

(もしあの子が死んでしまったらどうなるの)

豪雨の中、立ち止まり考える。

魔女の力が切れて未来に戻るのだろうか。未来の世界で遺体がぽんと両親の前に現れるのだろうか。何があったのかもわからず、わたしの子供は涙するのだろうか。

あるいは遺体はこの時代に残るのかもしれない。その場合、あの子の人生は終わりなのだろうか。そうに決まっている。それが死ぬということだ。まだあんなに幼いのに。わたしに酷いことを言われて、それを最後の思い出に人生が終わる。わたしの孫の人生が。

（…………）

そしてさらに、残酷な運命が責めたてる。

ふらついたわたしはその場に崩れ、その拍子にバッグの中身が散らばってしまったのだ。その中の日記帳が目に留まる。梢が時々書いていた日記帳。偶然開かれたページに書かれていた文章が目に入る。それを見て、何もかもを後悔する。

「ああ、ああ……！」

『6月1日。お友達の奈央《なお》ちゃんが亡くなった。老朽化で崩れた壁に挟まれて、動けなくなってしまった。悲しい』

『6月2日。奈央ちゃんの両親に責められた。すぐに救急車を呼ばず、怖くなって逃げ出したからだ。顔も見たくないと言われた』

『6月5日。奈央ちゃんのお母さんが、あたしのお母さんを責めていた。訴訟すると怒鳴っていた。お母さんは悲しそうだった』

『6月6日。久しぶりに学校へ行った。みんながわたしを無視した。いじめのない大好きなクラスだったのに。苦しい。学校に行きたくない』

『6月9日。お母さんとお父さんの顔を見るのが辛い。優しくされるのがすごく辛い。もう嫌だ。あたしがすぐに救急車を呼んでいれば、こんな顔をさせずに済んだのに。あたしがちゃんとしてれば』

「そんな、そんな」

自分の愚かさに後悔が止まらない。ようやく思い知る。誰かのためにしか使えない魔導具を、どうして梢が使えたのかを。

自分のためではなかった。テストの話なんて嘘だった。亡くなった友達の親が顔も見たくないと望み、両親が自分のせいで苦しんだから。だから彼らの望みを叶えるために砂時計を使ったのだ。いなくなる方法がこれしかなかったから。そして、いじめの話の真実も知る。

誰かをいじめたのも嘘。いじめられていたのは梢だった。それを認めたくなくて嘘を吐いた。必死に自分の弱さを隠した。なのにわたしは子供の嘘すら見抜けなかった。

どうして気づいてあげられなかったのか。

もっと向き合おうとしなかったのか。

拭いきれない後悔を前に、決定的な文章を見つけてしまう。

『どうしてわたしなんかが魔女なんだろう。他の誰かだったなら、みんな幸せになれたのに』

『おばあちゃんに会いに行こう。魔女だった頃のおばあちゃんに会って、どうすればいいのか教えてもらおう』

『おばあちゃんなら、きっとわたしをたすけてくれる』

「そんな……ああぁ！」

雨に打たれながら、大きく叫んだ。

あの子の想いを踏みにじった自分に後悔が止まらない。

わたしは、わたしは、何てことを。

「だめ――死なないで！」

力を振り絞り、走った。身も心もぐちゃぐちゃだけど走り続けた。

わかっている。無駄だということは。

わたしが走ったところで、どうにもならないなんてわかっている。

ここで何もしなくてもいつかは立ち直ることができる。もしあの子が死んでしまっても、時間が経てば傷は癒え、悲しみを受け入れ、普通に振る舞うことができるようになる。わたしはさとり世代。何事にも心動かされないのが長所。

わかっている。そうなるとわかっているのだ。だからこそ、

「わたしは、そうなるのが嫌だ！」

わたしは、わたしは。

「優しい人になりたい……っ！」

その後も、必死に走って捜し続けた。でも見つからなかった。

下流の地区へと向かうほどに惨劇は酷くなった。浸水した家から避難する人の姿が増えてきた。すれ違いざまに悲痛な声が聞こえてくる。子供がいない。お年寄りが取り残された。誰かが河で流された。そんな声が。

消防士の姿も見えてきた。壊れた建物の側で救助活動をしている。雨の中、無線でどこかと必死に連絡を取っている。氾濫した現場に行きたくとも、河の流れが激しすぎて行けないと悔しそうに叫んでいる。

途中、そんな消防士のひとり――わたしとあまり歳が変わらないだろう人に見つかり、止められた。ここから先は危険だと。そんな彼に梢を捜してとうったえた。だけど、それもわたしを追い詰める結果にしかならなかった。

梢の親の名前を訊かれても答えられなかった。

梢との関係を訊かれても答えられなかった。

挙句の果てには、今日着ていた服の色すら思い出せなかった。もう泣きたかった。彼が気遣い、励ましてくれるのが申し訳なかった。何もかもが悔しかった。

「待つんだ！　避難しなきゃまずい！」

「梢……こずえ」

止めるのも聞かず、河の方角――被災現場へと走り出した。

風が唸る。雨が轟く。視界は暗く何も見えない。服は水浸し。髪も顔もぐちゃぐちゃ。

悲鳴が聞こえた。人が流された。たすけに行けない。絶望だけが押し寄せる。

雷まで本格的に響き始めた。あの日から雷だけはやり過ごせない。大切な人の死を思い出し、足がすくむ。こんなにも弱かったのかと思い知る。ひとりじゃ何もできないと思い知る。

「うう、ああ……あああ」

ついにわたしは泣き出してしまった。

零れる涙が止まらない。道端で立ち止まり、跪き、雨風に嬲われ泣いてしまった。自分の不甲斐なさに、あの子を失ってしまう悲しさに、涙が溢れて止まらなかった。

「あああ、あああああ！」

絶望の慟哭は終わらなかった。それがひとつの奇跡を起こす。

これは果たして偶然だろうか。

(え——)

気づく。バッグの中身が光っていることに。

中を開くと砂時計が光っていた。あの子のものではなく、わたしの砂時計が。それが光り、何かを叫んでいた。

なぜだろう。わからない。なぜかはわからないけれど、無意識にそれをひっくり返していた。誘われるよう、気づけばそうしていて。

意識が飛び立つ。遠い遠い、遥かな世界へ。

「へ」

そこは、気が抜けるほどにのどかな世界だった。

突如目の前に広がる景色を前に、間の抜けた声を漏らしていた。

「えっと」

先ほどまでの嵐はどこ吹く風。目の前に広がるのは眩い青空に緑豊かな山の木々。地面はコンクリートではなく、どこかほっとする砂利と雑草のあぜ道。風は無風。耳にはセミの鳴き声だけが届く、誰もいない空間。まるで夢の中のような奇妙な感覚。だけど全身を覆う蒸し暑さと、ぐっしょり濡れた服、さらにはドクンドクンとこめかみをうつ脈動が、現実だと教えてくれる。

つまりここは、いや、今は――。

「わたしが、九歳の頃の夏」

間違いない。そう確信する。

ずぶ濡れの服を乾かし始めた太陽は、初夏のそれか。

アルハザードの杖でここに来た時は、立ち入り禁止の看板があちこちにあった。それがないということは、災害が起こる前ということ。何より確信できたのは、道端の祠に折り紙で作った兜が供えられていたことだ。あれは幼いわたしと爽太が作ったもの。ここは間違いなく思い出の山であり、幼いわたしが暮らしていた時代なのだ。

「……」

太陽に照らされ、青空の下でひとりぼっち。走り続けた足は指先まで疲労困憊。寝そべりたい気分だったけれど、それどころではない。無言で歩き始める。

緊張か、不安か、それともずっと抱えてきた恐怖ゆえか。怯えながらも記憶へ誘われるよう歩き続けた。誰もいない世界が、急に作り物のように感じられた。

そうしてしばらく歩いた頃に、ようやく辿り着く。

山の中腹にある日本家屋。人生で最も切ない思い出の詰まった、わたしの故郷。

玄関をくぐらず左に逸れて、少し開けた中庭の縁側に。

（あ――）

瞬間。心の内をどう表現すべきかわからなくなった。

いた。やっと。ようやく。

ここで。まだ。ついに。

（おばあちゃん）

縁側に座って日向ぼっこをしていたのは、おばあちゃんだった。

見慣れた顔で、見慣れたメガネで、思い出と寸分違わぬおばあちゃんがそこにいたのだ。

この時点で既に泣いてしまいそうだった。だけど泣き出すわけにもいかなかった。足が震える。今のわたしは、幼い頃の見た目ではないのだから。

まずは説明しなければ。未来から来た雫だと話さなければ。

信じてくれるだろうか。信じてくれるだろう。おばあちゃんも魔女なのだから。でも、信じてもらえたとしてその後は？　そもそもどうしてここに来たの？　何も決めず、いい加減なままに来てしまった。こんなわたしを見て、おばあちゃんはどれだけがっかりするだろう。急に血が冷たくなった。夏なのに背筋が寒い。

わたしは、わたしは。

「あ、あの」

ほぼ無意識に、声を発してしまう。しまったと思うもどうしようもない。

たどたどしい口調で何とか続ける。

「すみま、突然すみません。あの、わたしは」

声が震える。足がぐらつく。脳が苦しいと呻きをあげる。

逃げ出したかった。大好きなおばあちゃんの前なのに、今の自分があまりにもみっともなくて。どうしてこんなわたしが孫なのだろう。張り裂けそうなくらいに心臓が傷痕を打ちつける。

「あの、その、わたしは」

「ウェルカム」

「わたしは——え？」

でも、そんな恐怖を一瞬で吹き飛ばす魔法の言葉がかけられる。

わたしは、魔法使いの真髄を知る。

「ウェルカム。マイ、孫。ふははは」

「……どうして」

堪えきれるはずがなかった。涙がひと粒、零れ落ちた。

十年間、溜めに溜めた恐怖の涙が零れていった。

「どうしてわかるの。おばあちゃん」

「ふっふっふ。その美しすぎる顔はあたしの若い頃にそっくりさね。男をとっかえひっかえしていたあの頃にね」

「おばあちゃん……おばあちゃああああん」

次の瞬間。涙と鼻水を流しながら、おばあちゃんに抱き付いていた。嬉しくてしょうがなかった。恐怖など一瞬で消えていた。ああ、おばあちゃんだ。おばあちゃんがいる。わたしは一体何を恐れていたのだろう。こんなにも温かいのに。

「おばあちゃん、わたし取り返しのつかないことをしちゃった」

そこからは無意識だった。嗚咽が溢れるままに話し続けた。

梢が未来からやってきたこと。梢とうまくやれなかったこと。その梢が家出してしまったこと。災害のせいで死んでしまうかもしれないこと。それらを話した。

たぶんわたしの話は今の顔面よろしくぐちゃぐちゃで、わけがわからなかったと思う。それでもおばあちゃんは遮らずに聞いてくれた。それが嬉しくて語り続けた。

そうしてどれくらい話した頃か。

意外なタイミングで驚きの事実が判明する。

「それで……ぐす、砂時計が急に光って、それをひっくり返したらここに来て」

「そうかいそうかい。なるほど。やっぱり砂時計の試練は絶妙だったねぇ。あたしの勘もたいしたものさね」

にこやかに笑うおばあちゃんに眉をひそめる。

今のはどういう――。

「おや、未来のあたしは言わないまま死んじまったのかい。魔導具の試練はおばあちゃんが考えたのさ。先代魔女が次世代魔女の試練を考える。これが魔導具のルールさね」

「えええええ⁉」

知らなかった。思わず絶叫する。

同時に気づく。そこに関して、死ぬほど言いたいことがあることに。

「だったらおばあちゃん、何であんな条件にしたの？　アイドルとかサーフィンとか、めちゃくちゃ大変だったんだから！」

「うしゃしゃしゃ。その様子じゃあ随分と手こずったようだねぇ」

憤るわたしに、おばあちゃんは笑いながら説明する。

その姿は、思い出に生きるおばあちゃんと何ひとつ変わらなかった。

「魔導具ってのは読んで字のごとく『魔女を』『導く』『道具』なのさ。だから次世代魔女の苦手分野を設定しておくんだ。弱点を克服し、立派に育つことを祈ってね。雫は人前に立つことが苦手そうだったから、あの条件にしたんだよ。試練は楽しかったかい？」

「楽しくなんてないわよ！　本当に大変だったんだから！」

「あれでも手加減したんだがねぇ」

「あれで⁉」

「他にも候補があったんだよ。男と百人フリーハグとか、結婚式で腹踊りを披露するとか。厳正なるくじ引きの結果、ああなったのさ」

「くじって、おばあちゃんてばぁああああ！」

叫ぶしかない。魔導具の試練という大事な要素を、そんなふざけた感じで決めていたなんて。大笑いするおばあちゃん相手に、しばらく怒り続けるしかなかった。

一方で、落ち着いてくると今度は気になることも出てくるのだ。

「でも、じゃあどうして砂時計はあの試練にしたの？　さすがにくじじゃないよね」

「もちろん。砂時計だけはちゃんと考えたさ。なに、単純さね。雫が砂時計を使う時は、あたしに会いたい時だと思ったからさ。だからあの条件にしたんだ。それくらい追い詰められた時にこそ力になりたいと願ったのさ。大好きな雫のために、ね」

「おばあちゃん……」

ずるい。そのひと言だけで俯くしかなかった。さっきまであんなに憤っていたのに、それだけで許してしまえるわたしがいる。おばあちゃんにはこういうずるいところがある。

「雫のことは何でもお見通しさ」と笑う姿の、なんと頼もしいことか。おばあちゃんにここまで導かれたことを心から嬉しく思った。だからこそすべてを話せたのだろう。

「さて、ようやく落ち着けたようだね。それじゃあ雫、今日までに何があったのか、もっとおばあちゃんに聞かせておくれ」

「うん。あ、でも」

躊躇ってしまう。だってそれは、おばあちゃんの未来を話すことになってしまうから。

砂時計では未来は変えられない。もうすぐ死ぬ未来を知ってしまう。それはどれだけ残酷なことだろう。そんなわたしを嫌わないだろうか。おばあちゃんに嫌われたら、わたしは。

「どうしたんだい雫。話しにくいことでもあるのかい」

「……」

「大丈夫だ。孫が気なんて遣わなくていい」

「でも」

「大丈夫。何があろうとあたしは雫の味方さ。何があってもだ」

ずっと抱えていた悩みなんて何でもないかのように、そう告げる。それを聞いて、堪えられるわけがなかった。胸の内の苦しみをすべて打ち明けた。

おばあちゃんがもうすぐ死んでしまうこと。それは、とても無残で悲しい別れとなってしまったこと。しかも、爽太もいなくなってしまったこと。それ以降、何もかもがうまくいっていないこと。そんな折に爽太が現れ、たすけてくれたこと。爽太と一緒に魔導具を使ったこと。少しずつ自分に自信が持てたこと。でも、梢の力になれなかったこと。それどころか命の危機に晒してしまっていること。こんなにも弱い自分が、どうしようもなく嫌だということ。すべてを打ち明けた。

「なるほど。あたしはもうすぐ死んじまうんだねぇ」

その言葉に身を固くする。何を言われるかと怯えてしまう。

でも、それらは杞憂に終わる。

「よかったよ。今の内に自分の最期を知ることができて。雫がそんなに悲しんでくれるなんて、死にがいがあるねえ。あっはっは」

「おばあちゃん」

「ようし、なら早速遺書を作らないとね。くそ長い論文じみた遺書で親族全員困らせてやろうか。うしゃしゃしゃしゃ」

「もう、おばあちゃんてば」

悪ふざけを前に、再び泣きそうだった。わたしは何てちっぽけなことで悩んでいたのだろう。嫌われたらどうしようだなんて、おばあちゃんがそんな人であるはずがないのに。あまりにも強い心に涙が出そうだった。

そしてさらに、話は爽太のことへと及ぶ。

「それにしても、そうかい。爽太が十年ぶりに現れたのかい」

「うん、だけど爽太の力にもなれなくて。おばあちゃん、爽太は何者なの？」

その問いに、おばあちゃんは高い青空を見上げながら応えた。

「あたしもよく知らないけど、そういう存在がいるとは聞いたことがあるよ。悩む魔女に惹かれるよう、姿を現す精霊がいるとね。おばあちゃんが魔女の頃は現れなかったけど、幼い爽太を見た時に血が感じたさ。きっとこの子がそうだと。十年間も姿を消したのは、あたしが死んだショックで、雫の中から魔女の力が失われたんだろうね。だけど今になって戻ってこれたのは、雫が魔女の力を取り戻せたからさ。心当たりはあるかい？」

「心当たり」

思い出す。従兄の結婚を祝う場で暴れた日のことを。その夜、魔導具を引っ張り出し、祈ったことを。次の日に爽太が現れた。そうか。今になって理解する。あれがわたしたちの運命を動かしていたのだ。

「どうして精霊が現れたのかはわからない。雫の話だと爽太自身もわかってなさそうだね。だけどきっと意味があるはずなんだ。悩む爽太のためにも、雫はそれを知らなくちゃいけないとおばあちゃんは思うよ」

「うん。わたしもそう思う」

頷き、答える。おばあちゃんの言う通りだ。わたしは知らなくてはいけない。彼が苦しむのなら、わたしが支えにならなくてはならない。彼がそうしてくれたように。

巡る思いはたくさんあった。

他にも訊きたいことは山のようにあった。だけどそれらは訊かなかった。答えは自分で見つけなくてはいけない気がしたからだ。だからわたしはひとつだけ訊ねた。

「おばあちゃん」

「何だい、雫」

悠久の遥かなる思い出の世界で。

昭和の魔女と平成の魔女は、ついに邂逅《かいこう》する。

「わたしは――どうすればいい」

「たすけるんだ。爽太も孫も、何もかもを魔女の力でたすけまくってやれ」

おばあちゃんはまっすぐ目を見て答えてくれた。

そして続けた。何より求めていた言葉を。

「あたしは本当の雫を知ってるよ。ひとりじゃ何もできないと思っているのに、いざとなったら自然と誰かのために走っているんだ。これは中々できることじゃない。いざという時ほど足がすくむからね。雫ほど誰かのために戦える魔女はいないさ。それを自覚した時、雫は何だってできるようになる。現に魔導具を使って人助けをしてきたんだろう」

「でもあれは、ほとんど無意識にやったもので」

「いいんだそれで。考えるより先に誰かのために戦える。それが雫の強さだ」

「わたしの、強さ」

失った自信を取り戻させてくれる。わたしの知らないわたしを教えてくれる。やっぱりおばあちゃんは魔法使いだ。絵本に出てくるおばあちゃんと違って、面白くていい加減で破天荒で、でも誰よりも勇気をくれる。ありがとうおばあちゃん。わたしのおばあちゃんでいてくれて。

「さあ、もう行くんだ雫。涙が乾かないうちに」

「っ、でも」

そして、ついにその時が訪れる。

「大丈夫。信じるんだ。雫の孫であたしの子孫さ。そう簡単にくたばりゃしないよ」

「……でも」

躊躇ってしまう。今別れたら、今度こそ会うことができないから。この温かな世界を飛び立てば、頼る岸のない絶望の海で抗わなくてはならないから。

怯え、いやいやをするわたしをおばあちゃんは諭してくれる。

かけがえのないこの時間を、永遠に忘れないだろう。

「心配しなくてもまた会えるさ。魔女は死んだら星になるんだ。夜空に輝く星の光は何億光年も遅れて、だけど必ず時を超えて届くだろう。それと同じさ。約束する。必ず雫に会いに行くよ。幸せを運ぶのが魔女の生き様さ」

「おばあちゃん……」

抱き付き、名を呼んだ。永遠に会えなくなるその人に縋りついた。

温もりを、愛しさを忘れないよう抱きしめた。命の熱さに心を焦がした。

「雫の笑顔でみんなを幸せにする。あの約束、忘れるんじゃないよ」

「うん……ありがとう。さようなら」

最後にもう一度だけ抱きしめ、今生の別れを済ませ。拭った涙の乾かない手で、砂時計をひっくり返す。

光に包まれた。涙で視界がぼやけた。おばあちゃんの顔が光に包まれ消えてゆく。

いつかおばあちゃんの顔すら思い出せなくなる日が来るのだろうか。人の一生は何て残酷なんだろう。人の命は、何て、どうして。

（あれは）

ふと気づく。玄関の方からやってきた女の子が、こちらを見て驚いていることに。この子がもしかして。だとするとわたしが。真実を知り、また涙が溢れた。

世界が光に包まれる。見慣れた山もおばあちゃんの顔も見えない。

そんな中で――これは走馬燈？　生まれてからの記憶が流れる。懐かしい。もう戻らない。わたしの知らない、でも確かにあった記憶が渦を巻く。

わたしが生まれた日。泣きわめくわたしを見て、誰もが笑っている。幼稚園の入園式。たどたどしく走るわたしをお父さんが見守っている。七歳の誕生日。笑顔でロウソクを消すわたしをお母さんが見つめている。他にもたくさん、たくさん。わたしはこんなにも愛されていたんだ。こんなにも、こんなにも。

さらに光が溢れ、遠い記憶が蘇る。

眩い世界。何も見えない白い闇。そこにいたのは爽太と――もうひとり。

（あ……）

記憶の光の一番奥で、ついに真実を知る。そうだ。思い出した。

小さい頃に大好きだった絵本の続き。始まりの魔女の物語。

精霊を目指した弟子の少年は突然の病で亡くなった。魔女が駆けつけた時には手遅れだった。嘆く魔女に、ずっと少年の側にいた黒猫は言った。僕が代わりに精霊になるよと。魔女は言った。人でないあなたは不老不死にはなれないと。魔女の力で姿を保ち、だけど魔導具が力を失えば姿を消すと。誰の記憶にも残らず、魔女の記憶にも残らず、あなた自身も記憶を保てないと。それどころか、一度姿を消せば二度とこの世界に帰ってこられないかもしれないと。だけど彼は頑なだった。

貧困街の盗賊に虐待されて臆病だった自分を少年はたすけてくれた。少年の夢を叶えたい。彼のように強くなりたい。黒猫の魂の煌きに魔女は涙した。

ああ——ようやく気づく。

あなたはずっと見守ってくれていたのね。わたしが東京でいじめられていたあの頃から、ずっと黒猫の姿で支えてくれていた。その後も人の姿となって、ずっと。

思い出せた。黒猫のあなたに爽太と名付けたのはわたしだった。

幼い思い出が蘇る。煌く笑顔と熱い手で、爽太がわたしを連れてゆく。夏の青空の下、緑の草むらを少年と少女は駆け抜ける。かけがえのない記憶が火傷しそうなほどに心を熱くする。そうか。この世界を眩く輝かせていたのは、あなただったのね。

いつだって隣にいた。いつだって側にいた。そしてまだ、失っていない。

あなたに会いたい。会って伝えたいことがある。わたしはずっとあなたのことを。

光の渦が、意識をすべて飲みこんだ。

「――は」

そこでようやく。

ようやく光のメモリーが終わり、意識が眩く包まれた次の瞬間。

わたしは黒い空と、荒れ狂う嵐の支配する現代に戻ってきていた。

「しっかりしてください！　避難しないと！」

「えっと」

まるで白昼夢を見ていたような不思議な気分。隣で誰かに叫ばれながら、事態を理解するのに時間がかかった。

辺りを見渡すと、そこは田舎でもなければ自宅でもない。わたしが暮らす街のどこか、小さな電気屋さんの前の道端だった。見慣れぬものがあるとすれば、どす黒い空が暴風雨を轟かせていることか。おそらくここで砂時計を使ったのだ。長く過去に行っていた気がするけれど、こちらでは一瞬にも満たなかったようだ。座りこむわたしに、追いかけてくれたのだろう消防士さんが必死に叫んでいる。乾いていた服がずぶ濡れになるのを感じ、ようやく今が大災害の最中と思い出す。豪雨と雷鳴が世界を破壊せんと轟く。立つのもやっとな強風の中、遅れてやってくる悲しみに心を絞めつけられる。

（ついに……終わったんだ）

胸が痛くなる。砂時計を使ったことで、今度こそおばあちゃんに会えないことが確定した。温もりも声も、二度と戻りはしない。冷たい世界を前に蹲るしかなかった。

しかし、そんな残酷な世界でわたしは唐突に救われる。

「あの、もしもし、もしもーし！」

呻くわたしに声を掛けてくれるのは消防士さんだ。

彼がそれに気づいたことで、運命は廻りだす。

「あの、すみません。何か光ってますよ。というか、それより避難を」

「え？」

唸る風の中。何とか聞こえたその言葉に顔を上げ、気づく。カバンの中で、再び何かが青く光っていることに。

そこからはほぼ無意識だった。消防士さんに見向きもせず、夢中でカバンを漁り。

そして、青く光る『シビュレの予言書』を開き、その文字を目にした。

『発動条件、「魔導具を四つ使用する」を達成。封印解除』

「え、何を」

次の瞬間。わたしたちは思わずひっくり返る。

「おわっ！」「きゃあ！」

いきなりだ。

読み上げたその瞬間に、いきなり予言書が飛び上がったかと思うと、空中でページがめくられ始めたのだ。雨を弾き、風を寄せつけない、目にも留まらぬスピードで。

「え、何ですか、何ですかこれ⁉」

「これは、まさか」

しかもただめくられるのではない。一ページごとに黒いものが……文字？　文章だ。真っ白だった予言書に、突如たくさんの文章が現れ始めたのだ。

いきなりの怪奇現象に慌てる消防士さんを他所に、推測する。まさかこれは。

「ああ……あああ！」

叫び、歓喜の声を漏らす。そこに溢れる星の光に。

――魔女は死んだら星になるんだ。夜空に輝く星の光は何億光年も遅れて、だけど必ず時を超えて届くだろう。

――約束する。必ず雫に会いに行くよ。

「こんな、こんなことって」

予言書という名の意味。おばあちゃんの言っていた意味。

わたしは受け継がれた魔女のすべてを知る。

『未来の魔女へ。がんばれ。どんなことがあってもくじけないで。魔女を継いだあなたならきっと戦えると信じてるよ。大正の魔女より』

『わたしの子孫へ。辛いこと、悲しいこと、いつの世もたくさんあるでしょう。でも大丈夫。いつの時代にも、必ず楽しいことがあるから。明治の魔女より』

『遠い世の魔女へ。あなたが生まれた世界はどんな世界ですか。あなたならその世界にありったけの幸せを運べると信じています。頑張って。天保の魔女より』

予言書に綴られるは、歴代の魔女が残した未来の魔女へのメッセージだった。

あるページには百年前の。別のページには二百年前の。悠久の過去から受け継がれてきたメッセージが、溢れんばかりに予言書を埋め尽くしたのだ。これが『シビュレの予言書』の真の力。魔女の戦いを文字として受け続けてきた書が、最後にくれるプレゼント。途方もない奇跡の力に、眩い光を見る。わたしはひとりじゃなかった。こんなにもたくさんの魔女が信じてくれていたなんて。

「あ――」

そして、最後にそれを目にする。

たくさんのページの一番最後。最も愛した魔女からのメッセージ。

それを見た瞬間、ようやく失われていた最後の記憶が蘇る。

『昭和の魔女から平成の魔女へ』

おばあちゃんが死んでしまった災害の日。

最後に交わした会話の続きに、ついに辿り着く。

『ありがとう、雫。立派になった姿を見せに来てくれて』

『誰が何と言おうと雫が最強の魔女だ。雫のために魔女は今日まで続いたのさ』

『どうかこの世界の人々を幸せにしておくれ。雫と出会えて、誰よりも幸せになれたおばあちゃんのように』

「おばあちゃん……おばあちゃん！」

それは奇跡でも何でもない、過去からのメッセージを記しただけのものだった。だけどこれが、他のどの魔導具よりも力をくれた。

心は時として魔法を凌駕する。

人の心にこそ魔法のような力がある。

無数の星の輝きが、わたしの心に火をつける。

——ありがとう。わたしの魔法使いさん。

——キミが魔女でよかったよ。

——雫。おまえがいれば、どんな世界でも笑えるってことだ。

大切な人たちが認めてくれた。無数の魔女が活躍を予言してくれた。

おばあちゃんは記した。どうかこの世界を幸せにしてくれと。ならばあとは。

あとはわたしが、最強の魔女になるだけなんだ。

「な、何なんですかこの本……いやそれよりお姉さん、マジで避難しましょう！　本気でやばいですって！」

「どんな時も、心のままに」

叫び続ける消防士さんに、ふっと笑みを漏らす。そして、カバンの中より『ガルダの風切羽』を取り出した。

神話に伝わる聖なる鳥、ガルダ。その羽には奇跡を起こす力があるという。

わたしの中で何かが呼応する。応えるよう風切羽は光り輝く。

迷いなんてあるはずもなかった。

「すみません。箒をお持ちですか？」

「は？　箒？」

消防士さんに訊ねるも、彼は何も持っていない。なので目の前にあった電気屋さんを訪ね、今まさに避難しようとしている店主のおじさんに声を掛けた。

「申し訳ありません。こちらを一台いただけますか」

「へ？　いや何言ってんですかあんた。今それどころじゃ」

「代金は後ほど。ご心配なく。友人に、とても将来有望な社長がおりますので」

「は？　ちょっとあなた――え？」

「お姉さん！　本当に避難しないと――へ？」

店主さんと、追いかけて来た消防士さん。二人が言葉を失ったのも無理はない。箱から取り出し、風切羽を装着したもの——お掃除ロボットのルンバを店先の道路に放り投げた瞬間。それが、ふわふわと宙を漂い始めたのだから。二人が目を丸くしたのも当然だ。

そんな二人の前で、スカートにもかかわらず、ふわりとルンバに飛び乗った。二人がさらに目を丸くする。つま先を乗せて浮かぶわたしは不思議と笑みを零していた。

風が、急に優しく感じた。

「えっと……何で浮いてるんですか」

店主のおじさんがわたしを指さし、訊ねる。

「わたしが魔女だからです」

「ま、魔女？」

「はい」

「魔女って、あの魔女？」

「はい。あの魔女です」

「あの、絵本に出てくる魔法が使える、あの？」

「はい。絵本に出てくる魔法が使える、あの魔女です」

店主さんは立ち尽くす。

続きを拾うよう、消防士さんが質問を続ける。

「でも、魔女っておとぎ話の中の存在じゃ」

「そうですね。でも実在しますよ。目の前に」

「で、でも、実在したとしても、現代の東京にいるなんて」

「ええ。不思議ですね。でもいるんです。ここに」

「で、でもでも、魔女って箒で飛ぶものじゃ」

「ふふ、そうですね」

こんな状況なのに、なぜか笑いを堪えられなかった。今なら何でもできる気がした。

全身から力を抜く。ガルダの力と心をシンクロさせる。それにより、いよいよ空高くへと舞い上がる。

雨に打たれ、雷に怒鳴られ、だけど風は味方だった。

わたしはもう、何も恐れなかった。

「箒なんて古いですよ。だってわたしは――さとり世代の魔女ですから」

次の瞬間だ。わたしは彼らを置き去りに、空を走りだした。

「「えぇぇえええ!?」」

遥か後方より、二人の叫びが聞こえた。それが空を飛ぶわたしに力をくれた。

そうだ。わたしは魔女だ。平成の世に生まれた、ただひとりの魔女なんだ。

だったら、そのわたしが世界を救わないでどうするんだ。

「たすけるよ、おばあちゃん。梢も爽太も——何もかもを！」

もう迷いはなかった。わたしは勢いよく飛びまくった。風を切り、雨を弾き、雷鳴を置き去りにして飛んだのだ。誰にも止められない速度で。

「おい、あれ何だ⁉」

「うそ、人が飛んでる⁉」

そんなわたしの姿は人々の目に留まった。当然だ。いくら非常事態とはいえ、現代の東京で嵐の中をルンバに乗って飛ぶ女子大生がいれば誰だって驚く。でも構うもんか。わたしは気にせず飛び続けた。

身体を傾け、足先に力をこめ、両手でバランスをとって。

サーフィンするような姿勢で前を見据え、嵐の中、雨も風も構わず飛び続けた。時には地面すれすれを、時には上空数十メートルを。見下ろす下界が遥か遠い。ジェットコースターのような速度で飛び続けた。すべては苦しんでいる人々をたすけるために。

「みなさん！　たすけが必要な人は声をあげてください！　わたしがたすけに行きます！」

「えー——」「な、何あれ⁉」

そして、ついに辿り着いた現場——濁流で溢れ、辺り一帯を飲みこまんとする河川の上空にて。消防士さんや避難中の人々を見下ろし、あらん限りの声で叫んだ。

当然、またも多くの人がわたしを指さしざわめく。だけど説明する暇なんてない。叫び終わるや否や、直角急降下。荒れ狂う水面すれすれで姿勢を起こし、水しぶきの中を走り、岩にしがみついていた子供を拾い上げ、そのままルンバに乗せて岸まで運んだ。

そして、呆然とする消防士さんに子供を預け、再び叫ぶ。

「わたしが空を飛んでたすけに行きます！　あなたたちはそのサポートを！」

「え、あ、あなたは」

「魔女です！　では、行ってきます！」

叫び、再び荒れ狂う河へと空を飛ぶ。地上で誰もが呆然としているのを感じた。でも、そんなことはどうでもよかった。今はただ、ひとりでも多くの人をたすけたかった。

「こっちだ！　たすけてくれぇ！」

「っ、すぐ行きます！」

そこからは無我夢中だった。嵐の中、ごうごうと唸る河の上空を飛び、被災地一帯を飛び回った。溺れている人。怪我をした人。建物に取り残されて孤立した人。必死に飛び回り、たすけ続けた。梢のことが気掛かりだったけど、今は目の前の人をたすけようと考えた。たすけられた人はみな、わたしが何なのかわかっていなかっただろう。だけどとにかく必死に彼らをたすけて回ったのだ。

そうして嵐の中で戦い続けることしばらく。

わたしの想いは、ようやく人々へと届く。

「おい、みんな。あの魔女の姉ちゃんに続け！」

「彼女の指示に従うんだ。みんなをたすけよう！」

突如現れ、被災者をたすけるわたしの姿に触発されたのだろう。

消防士さんや避難しようとしていた人たちが、魔女への不思議を一旦放棄し、協力し始めてくれたのだ。それを見たわたしは、期待に応えんと強く叫ぶ。

「ありがとうございます。みなさん、わたしに続いてください！」

「「おお！」」

吹きすさぶ嵐の中。一致団結したわたしたちは、必死に命を救った。

流されそうな人を見つけては拾い上げ。重くて無理な人には、わたしの指示のもと、ロープを投げ渡し。上空から見つけた被災者がいれば、地上の人たちをそこに向かわせて。とにかく必死に救助活動を続けたのだ。

ただ、中にはこんな状況にもかかわらず、スマホを向けてはわたしを撮影しようとする人も多数いた。以前ならどう対応しただろう。目立ちたくないがゆえに怒鳴っていただろうか。しかしこの日はピースサインで応え、「魔女にご協力を！」と叫んでいた。ネットに晒すならお好きにどうぞ。箒にまたがってもいない普通の格好をした女子大生ですが、これが現代魔女の生き様です。アイドルにでも何でもなってやろうじゃないですか。

するとどうしたことか。呆気にとられていた彼らだけれど、

「おい、俺たちも」

「ああ、行こう」

と、救助に力を貸してくれ始めたのだ。後に知った話だけれど、この時撮られたわたしの動画は、災害情報に混じり、SNSで話題になったそうだ。まあ当然でしょう。大災害の中、ルンバで飛びながらピースしている女子大生がいれば事件ですから。だけどただ騒がれたのではなく、動画を見た現地の人々が情報を共有してくれたそうだ。

魔女が空を飛んで逃げ遅れた人をたすけている。たすけを求めている人がたくさんいる。その人たちをたすけなければ。そういった風に、多くの人が心を動かしてくれたのだ。ひとりでは何もできない。でも、みんながいれば。目の前の不思議よりも救うべき命に目を向けた結果起きた、大きな奇跡だった。

もちろんわたしはそれらを知る由もなかったけれど、それでもみなが手を取り合い、たすけ合う景色は実際に見た。だからこそ頑張れた。鳴り響く雷も怖くなかった。乗り物も服装も、幼い頃に憧れた姿とは全然違ったけど、これはこれで面白かった。これが平成の魔女だと世界に叫んでいるようで力が湧いてきた。

「お姉さん！　次はどちらへ⁉」

「ロープを用意してください。あちらに取り残されている人の救助に向かいます！」

「ＯＫ！」

声を張り上げ、見ず知らずの人たちと力を合わせ、戦った。正直、喉は限界だ。雨風が体力を奪い尽くす。風切羽も徐々に力を失っているのが感覚でわかった。でも、休もうとは思わなかった。自覚する。ああ、これがわたしの強さなのだと。

三浦さんのために無意識に戦えた。氷川さんの時も自然と頑張れた。

——自然と誰かのために戦える。それが雫の強さだ。

——雫ほど誰かのために戦える魔女はいないさ。

大好きな人たちがわたしの強さを教えてくれた。誰かのために戦う強さは手に入れた。

だから、わたしは。

「わたしは、泣いてなんていられない！」

突き放すよう突風が吹いた。雨粒が弾丸となって襲い掛かる。

それでも前へ進み続けた。最速の魔女を目指して走り続けた。

わたしは負けない。この程度で立ち止まってなんかいられない。たすけを求める人々が、こんなにもいるのだから。

向かい風だ。それがどうした。叫べ！

（——あ）

気づけば、嵐の中を飛びながら自然と歌を歌っていた。

笑顔で。まっすぐ前を見て、空を駆けながら歌っていたのだ。

「これは……歌？」

「あのお姉ちゃんが歌っているの？」

人の身体とは不思議なものだ。こんな嵐なのに、わたしの歌は地上に届いたようで、誰かがそう言っているのがわたしの耳にも届いた。これが、さらなる奇跡を起こす。

「おおい、こっちだ。たすけてくれ！」

「すぐ行きます！」

歌が届き、たすけを求める人の声がたくさんの人々に届いたのだ。

またしても、わたしに合わせて多くの人が救出に向かう。

「すぐにたすけが来ますからね」

「ありがとう。見つけてくれて、ありがとう」

崩れた家のすぐ側で、足を怪我したのだろう。動けなくなっていたその人に、笑顔を返す。そうするうちに救助の人が駆けつける。肩を貸し、人々がたすけ合う。わたしは再び飛び上がり、雨を浴びながら歌を歌う。空を走り、歌い続けた。

「綺麗な声……」

「ええ。とっても美しい歌が聞こえる」

不思議だ。あれだけ酷評されてきたわたしの歌が、地上に希望を与えている。今になって思う。これまでの日々が、すべて礎となっていることを。

カラオケで百曲歌わされた。夜の山道を延々歩かされた。貧相なライブをさせられ、人前でダメ男とバトルする羽目にもなった。

他にもサーフィンをさせられて、笑われて。ああ、そうだ。あのおかげで今、こんなにも空を飛べているのだろうか。人前で歌えるのも、体力の限界なのに戦えるのも、全部全部これまでの戦いを乗り越えてきたからだろうか。

今日まで魔導具に導かれてきたから、こうして笑える。おばあちゃん、やっとここまで来たよ。やっと笑顔で誰かをたすけられるようになったよ。

(もしかしてこれが、本当の幸せというやつなんだろうか)

辺りから音が消える。

視界が眩しくなり、世界が白くなる。

わたしの内側——ずっと側にあり、見失っていた心の景色。生まれながらに持っていた、魔法の部屋。そこでようやく世界の真実を知る。

おばあちゃんは言っていた。人は誰もが魔法使いだと。誰かをたすけることで幸せの花が咲くと。赤ちゃんの頃から、誰もがそんな魔法を持っていると言っていた。

氷川さんもそうだ。父親のたすけになれることが嬉しいと言っていた。三浦さんも、行き場を失ったわたしを嬉しそうに迎えてくれた。人は、誰かを幸せにすることで自分も幸せにできる魔法使いなんだ。誰かが誰かの、かけがえのない魔法使いなんだ。

誰かをたすけ、幸せになると幸せの花が咲く。その花を受け取った人が、自分も頑張ろうと誰かをたすけることで幸せになり、また花が咲く。そうしてどんどん咲き誇る花が世界を幸せにするのなら――おばあちゃんの言っていた意味、今ならわかるよ。魔女に生まれたわたしたちは、なんて幸せなんだろう。

泣いている誰かをたすけることは難しい。ましてや、その誰かをたすけることが自分の幸せを掴む手掛かりと知るなんて、もっと難しい。それらを知っている人が、果たしてどれだけいるだろうか。だけど魔女にはそれらができるのだ。

魔導具を使えば、どんな人だってたすけることができる。その人たちに、今度は自分がたすけてもらえる。そうして幸せとは何かを教えてもらえる。

大切な人のたすけとなり、幸せを知り、それを残りの人生で伝えていく。幸せを運ぶ使命を与えられた魔女は、なんて幸せなのだろう。誰かの幸せを願える心こそ、人の持つ真の魔法と知ることができるのだから。それを世界に伝えることが魔女の真の使命であり、そのために遥か昔より継がれてきたんだ。世界を光り輝くものとするために。

わたしはひとりじゃない。

ずっとずっとこの世界と共に生きてきたんだ。

「ありがとう、お父さん。わたしを育ててくれて。ありがとう、お母さん。わたしを産んでくれて。ありがとう、みんな――」

零れる涙を笑顔で吹き飛ばし。風に乗り、雨を裂き、雷鳴を歌でかき消し、わたしは飛んだ。最強の魔女として嵐の空を飛び、たすけ続けた。

どこまでもどこまでも飛んで行ける気がした。

どれくらい飛び続けただろうか。

風を切り、雨を吹き飛ばし、雷鳴に歌い。夢中で飛び続け、少しずつ下流へと進み、さすがにもう救助すべき人もいなくなったと感じた頃。ようやく発見する。

「おおい！　雫ーっ！」

「爽太！」

嵐の中、ついに求めていた声が届く。

遥か上空にいたわたしは急降下。声のする方へとルンバを進める。

「爽太、無事だったのね！」

「ああ。それより雫、ついに飛べたんだな」

爽太がいたのは河の下流にある、少し小高い一角だった。消防士の方々や、避難中の人々が十数人ほどそこに集まっていた。

上空から現れるわたしに誰もが驚くも、それを気にせず、飛び降りついでに爽太に抱き付く。激情を堪えきれなかったから。

「行って来たよ、おばあちゃんのところに。おばあちゃんは言ってくれた。わたしが最強の魔女だって。だからそれを信じて」

「うん。ここから見えてたぜ、雫の飛ぶ姿が。強くなったな、雫」

「あなたのことも思い出せた。ごめんなさい。ずっと謝りたかった。東京を離れる前、わたしは――」

「俺も思い出せたよ。雫が魔導具を全部使ったからかな。気にすんなよあんなこと。思い出させてくれて本当にありがとうな」

そう言い、爽太は強く抱きしめてくれた。すべてを察してくれた。

おばあちゃんとの別れ。黒猫だった爽太への後悔。すべてを察して、抱きしめてくれた。強く強く、涙が零れないように。彼の心臓に自らの心臓を捧げる。脈打つ鼓動がわたしたちを繋げる。切ない身体が、愛で温もるのを感じた。

そうしてしばらく抱き合うも、爽太は身を離し、わたしを見据えて告げる。

まだ、やらなければならないことがあると。

「雫、梢ちゃんのことなんだけど」

「そうだ、梢は？　梢はどうなったの⁉」

叫ぶわたしに、爽太は遠くを指さす。その方向を見る。

そこにあったのは荒れ狂う河の濁流と、そして――。

「梢っ‼」

「誰か……たすけてぇ」

いた。ようやく見つけた。全身の血がざわめき、鳥肌が立つのがわかった。

梢がいた場所は、氾濫する河のど真ん中。倒木やら車やらが集まり、偶然、中洲のようになった孤島にて、たすけを求めていた。しかもそこにいたのは梢だけではない。

「待って。あそこ、何人いるの」

「小さい子供が二人。梢ちゃんも含めると三人だ。あそこに取り残――」

「お願いします！　あの子たちをたすけてください！」

わたしと爽太の間に割りこんできたのは、ひとりのおばあさんだった。そのおばあさんを、同じくこの場にいた消防士さんが宥める。それを見て爽太が説明する。

「あの子たちは、この人のお孫さんだ。家が濁流に飲まれてその時に……。梢ちゃんは本当はたすかってたんだ。避難しようとしてたんだ。だけど流される子供たちをたすけようとして、そしたら自分も」

「っ、あの子ったら――」

泣き崩れるおばあさんを尻目に、再び梢に目を向ける。

そこは河の中央で、とても消防士さんが救助に行ける場所ではない。車や倒木、大きな家具がものすごい速度で流れてきており、危険すぎる。だけどぐずぐずしていたら足場が崩れ、流されてしまえばたすからないだろう。つまり、今たすけに行けるのはわたしだけなのだけれど——。

「お願いします！　どうか孫をたすけてください、お願いします！」

（どうする……どうすれば）

「雫、どうした？」

泣き叫ぶおばあさんや、縋《すが》る目を向ける周囲の人たちを他所に、葛藤する。

「雫。もしかして魔導具の力が」

「……おそらく、もう」

気づいていた。飛びながら、徐々にガルダの力が弱まっていることに。

魔導具は一度しか使えず、力を失えば次の代まで眠りに就く。この風切羽も一定の力を放てば、そこで力を失うのだろう。既にかなりの距離を飛び続けた。感覚でわかる。この魔導具が頑張れるのは、せいぜい一往復——。

「一往復だと、雫を含めて四人が一度に……さすがに無理だな。雫、この風切羽をもっと大きなものに装着して飛ばすことはできないのか？」

「無理だわ……使ってみてわかったけど、これは飛ぶというより、物を浮かせて操る魔導具なの。装着さえすれば、わたしが乗らなくても飛ばせるけど、重いものを動かせばそれだけ力を失う。あの子たちを乗せることを考えると、これ以上は」

「マジかよ」

吹き荒れる嵐の中、爽太は黙する。わたしも俯く。そんなわたしたちを見て、おばあさんは泣き崩れる。周囲の人たちにも絶望が蔓延《はびこ》る。

そんな、ここまで来て。最後の最後にわたしは——。

「うん、でもまあちょうどいいか。にゃはは」

「え？」

だけど、そんなわたしたちの不安を掻き消すように、爽太が明るい声で笑った。勢いよくわたしは顔を上げる。逆転の手を思いついたのかと期待をこめて。

しかし見上げた先——彼の笑顔を見た瞬間、悟った。

あるのは希望ではなく、むしろ。

「待って。爽太、まさかあなた」

「ああ。これしかないし、タイミングとしてもちょうどいいだろ」

だははと笑い、彼は言い放つ。

わたしとの、永遠の別れとなる言葉を。

「俺がたすけに行くよ。そんでもって子供たちだけ乗せてやればギリギリ帰れるはずだ。

だから雫、ここでお別れだ」

「そ、そんな――」

爽太の笑顔に、絶望の声で応えるしかなかった。

そんな、そんなの。

「そんなことしたら、あなたが死んじゃうじゃない！　お願いやめて！」

告げながら、自分の喉が熱くなるのを感じていた。目の奥が痛く、手が震えるのも感じた。わかっていたのだろう。彼の笑顔を見た瞬間に、もう何を言っても意味がないと。

その思いを肯定するよう、爽太は憂いのない笑顔で告げる。

彼の強さを、永遠に忘れないだろう。

「雫、俺はずっと考えていた。雫と一緒なら、どんな恐怖でも乗り越えられるって話を前にしたよな。あれからずっと、雫のために何ができるかを考えてたんだ。自分の正体に怯える俺をたすけてくれた雫のために、残せるものは何かって、ずっと」

「違う……たすけられたのはあなたじゃなくて、わたしが――」

嗚咽に混じる声はうまく届かない。

そんなわたしを優しく見据え、彼は続ける。

「今日まで考えてた。でも答えは出なかった。雫が出ていった後も、電話で仲直りした後も、ずっと考えた。嵐が来て、梢ちゃんを捜しに出て、自分の正体を思い出せた後も、密かに考えてたんだ。そして今わかった。何てことはない。今までずっとやってきたことだ。俺がやるべきことは、雫――おまえにとっての最高の幼馴染であることだ。どんな時も笑顔で、力強くて、絶対にくじけない、雫の希望であり続ける。それが精霊である以上に、雫の騎士として生きた俺の生き様だ。だから俺が行く。十年前のリベンジだ。今度はたすける。だから俺の旅はここまでだ」

「そんな……そんな」

彼の胸に縋りつく。雨と絶望に濡れ、何とかならないかと祈りをこめて縋りつく。でも、声にならない。行かないでなんて言えない。彼の覚悟を誰より知っていたから。

「それにな、さっきも言ったけどちょうどいいんだよ。べつに俺は犠牲になるわけじゃない。魔導具の力尽きる時が精霊の旅立つ時だ。不老不死になれなかった俺は、魔導具と魔女の力で、何とかこの世界に留まってきた。雫の顔を見ながらさよならしたかったけど、贅沢は言わねーよ。ここが俺の終着点だ。この舞台を最後に旅立つことにする。ありがとな、今まで側にいてくれて」

「違うの……お礼を言うのは、たすけられたのは」

言いたいことがたくさんあった。謝りたいこと。お礼を言いたいこと。話したいことがたくさんありすぎて。何より、あなたへの想いを伝えきれてなくて。もっとあなたに伝えたいことがあったのに、今日で終わりだなんて思わなくて。弱い涙が伝えたい言葉をせき止めてしまう。時間がないのに嗚咽にしかならなくて。

「雫」

「くう……ううう」

そんなわたしを爽太は優しく抱きしめてくれる。

彼の心が流れこむ。わたしの心が流れてゆく。

わたしたちは、ついにひとつになれた。

「雫。俺はずっとわからなかった。自分の正体が何か、どうして記憶がないのか、ずっとわからなくて怯えていた。でもな、すべてを思い出せた今ならわかる。俺は、人間に憧れていたんだ。人間が大好きだったんだ。悩み苦しんで、弱い自分に葛藤して、誰かのために涙を流して。そんな彼らが苦しみの果てに出す答えは、いつだって希望をもたらしてきた。悩み苦しんだからこそ、人が見つける答えはすばらしいものだった。だから俺は始まりの魔女に頼んだんだ。精霊になりたいと。少年の夢を叶えたいと。記憶を残せない旅が過酷になるとわかっていても、それでも挑みたかった。人として生きて、魔女の側で共に苦しんで、その果てにどんな答えが出せるのか――貧困街で盗賊に虐待されて死にかけだった臆病な黒猫が、どんな答えを見つけられるのか。それを知りたくて精霊になったんだ。そして今、ようやく答えを見つけた。それは雫、おまえに俺を知ってもらえたことの幸せだ。こんな簡単でちっぽけで、それでいてかけがえのないものが幸せの形だと、俺は知った」

「幸せの……形」

縋るわたしを強く抱きしめ、わたしの記憶に自らを刻むよう、爽太は続ける。

懐かしい、草の息吹の香りがした。

「俺はいなくなる。雫のことを忘れ、世界からなかったことになり、いずれ雫の記憶からも失われる。そのまま二度とこの世界に帰って来られないかもしれない。それが小さな猫だった俺の限界だ。だけど俺はそうならないと信じてる。いつか必ず帰ってきて、雫のことを思い出せると信じてる。そう願えることが、そう願える人に出会えたことが、この世界にあるかけがえのない幸せなんだ。それを手にするために、雫のいるこの時代に俺は現れたんだ。ありがとな、雫。幸せを教えてくれて。本当にありがとう。愛してるぜ、雫」

「爽太……」

きらりと。爽太の瞳に煌くものが見えた気がした。

頬に、彼の想いがひと粒零れたように感じた。雨に混ざったそれは炎のように熱く、わたしの心を焦がした。最後の最後に、強さを与えてくれた。

「爽太」

彼の頬に自らの頬を寄せる。涙の跡を、涙の跡でそっと掻き消す。

もう恐怖はなかった。怯える少女ではなくなっていた。

涙の熱さが、わたしを強くしてくれたから。

「爽太、わたしはダメな魔女だったでしょ。一度はリタイアして」

「んなことねーよ。雫は最高の魔女だった。本当に雫との日々は楽しかった。ありがとな、俺を愛してくれて」

彼が笑う。涙を堪えて小さく笑う。

負けじとわたしも笑う。悲しみを堪えて、わたしは笑うのだ。

もうあなたを強がらせない。弱いわたしではいられない。

この笑顔で、みんなを幸せにすると約束したから。

「爽太、覚えてる？　百回勝負で一度だけ決着がついた時のこと」

「おう、もちろん覚えてる」

「約束通り、たすけさせてあげたよ」

「ああ。たすけさせてくれてありがとうな」

「わたしたちは、最高のコンビよね」

「当然だ。俺たちは最高の魔女と騎士だ」

「きっとまた、会えるよね」

「必ず会える。俺を待っていてくれ」

「約束よ。ずっとずっと、待ってるから！」

嵐の中に、眩い光の笑顔が咲いた。わたしの、彼の、十年分の奇跡の花。

もう後悔はしない。だって、こんなにも最高の笑顔でお別れできるのだから。

どんなに寂しくても絶対に泣かない。笑顔で幸せを運び続ける。そう決めたから。

「さよならだ。そんじゃ、まったなー雫」

「ええ。また会いましょう、爽太」

手が離れ、未練を残す指先も離れ、彼は散歩にでも行くような雰囲気で飛び立った。最後に彼らしさを残してルンバに乗り、嵐の空へと飛び立った。わたしは風切羽に祈る。彼が無事に着きますようにと願いをこめて。

河の中のガラクタの孤島で、彼が梢と子供たちに笑いかける。あの笑顔に子供たちはどれだけ救われただろう。あの笑顔がわたしに向けられることは、もう。

梢が子供を連れてルンバに乗る。わたしは力尽きそうな風切羽に祈る。届け、届けと願いをこめて。

最後の力で風切羽は命を救った。わたしたちのもとに子供らは帰ってきた。おばあさんが泣き叫ぶ孫を抱きしめる。周りの人々が歓声をあげる。もう、彼らには見えていないのだろう。記憶から消えてゆくのだろう。そしていずれ、わたしの記憶からも。

嵐の中、彼を見つめる。

遠い場所にいる彼が大きく笑った。わたしも負けじと強く笑った。

——爽太。わたしは頑張れるかな。

——やれるさ。雫はもう大丈夫だ。

——爽太。あなたは幸せだった？

——雫のために頑張れた。幸せだったぜ。

——わたしもいずれ、忘れちゃうのかな。

——忘れても思い出せる。そう願うことが幸せなんだ。

一緒に暮らして、結婚して、子供ができて。そんな未来を描いたこともあった。でも、わたしたちは魔女と騎士。とてもすてきで切ない関係。だからわたしは少女の夢をあきらめる。この恋を涙に溶かして前を向く。未練と夢を振り払った。

——また会える？

——必ず会えるぜ。

——どれくらい先になるだろう。

——さあなー。だけど星の光が遅れて届くよう、必ず会いに行く。

——絶対に、約束よ。

——約束だ。平成の魔女と見たポラリスを忘れないよ。

——わたしも忘れない。いつかまた一緒に星を見ましょう。わたしの魔法使いさん。

——ああ。俺に名前をくれてありがとな、雫。

（さようなら、爽太）

――――。

――。

「おばあちゃん……あの」

梢が呟き、わたしを見上げた。切ない泣き顔を抱きしめる。

「もう、心配ばかりかけて」

「ごめんなさい。ごめんなさい」

「おばあちゃんこそごめんね。何もわかってあげられなくて」

「ううん。おばあちゃんは悪くない。だって来てくれたもの。嬉しかった」

長い長い嵐が止んだ。

ようやく台風も勢いを失くしたのだろうか。梢を抱きしめ、しばらく経った頃。最後に河がひと際溢れ、孤島が沈み、それを最後に轟音は止み。空は、先ほどまでの嵐が嘘のように光り輝き始めたのだ。

きらきらとした夏晴れ。まさに光差す青空。

あれだけ黒く淀んでいた雨粒が、透明な雫となって世界を光り輝かせた。風はぴたりと止み、さわやかな風が凪《な》ぐ。青い空が大きく叫ぶ。太陽がそれに燦々《さんさん》と応える。見渡す限りの眩しい青が天へと突き抜ける。十年ぶりにわたしの中で嵐が止んだ。もう二度と、あの音に怯えることもないだろう。わたしは世界に勝ったのだから。

梢の胸元で、ちゃちいネックレスがきらりと光った。


その後について少しだけ話しましょう。

この日、わたしたちの住む街を襲った台風は、記録的な大災害と発表された。にもかかわらず、ひとりの死者も出なかったことは奇跡と報じられた。本当に、よくぞひとりも死なせなかったと自分で思います。

一方で、テレビやネットは空飛ぶ魔女を大々的に報道した。

が、それも一瞬。

撮られた動画は嵐のせいか、映りが悪く、やはり潜在的に誰もが「魔女なんているわけない」と考えているためか。一瞬騒がれたものの、それ以上は報じられることもなく、次第に誰からも忘れられていったのだ。

こうして、未曽有の大災害は大きな壊滅こそもたらしたものの、一件落着となった。三浦さんに梢が無事見つかったこと。氷川さんに電気屋さんへの支払いを依頼すること。わたしを追いかけてくれた消防士さんを捜し出し、お礼を言うこと。これらをこなすことで、わたしにとってもこの事件は終わりを迎えた。三浦さんや氷川さん、特に消防士さんからはあれこれ訊かれたけど――まあそれは取り立ててお話しすることでもないでしょう。友人との、ちょっとしたお喋りに過ぎないのですから。

そうして迎えた数日後。九月下旬のとある休日。夏の終わりかける晴れた日。

とうとう梢とのお別れの時がやってきた。

「忘れものはありませんか。気軽には取りに来れないのですよ」

「大丈夫だって。ちゃんと持ったから」

街には災害の爪痕が残りつつも、犠牲者がいなかったからだろう。そこそこ明るい空気の漂う中、晴れ渡る空の下。いつか爽太とアルハザードの杖を使った公園にて、そんな会話を交わす。

「おばあちゃん。色々ありがとう。ちょっとだけ迷惑かけちゃってごめんね」

「あれをちょっとで済ませられると思わないことですね。二度と家出なんてしてはいけませんよ」

リュックを背負い、砂時計を手に笑う梢に、柔らかく微笑む。

無事に見送ることができる安堵と、少しの寂しさを抱いて。

「梢。わかっていますね。帰ってから何をするか」

「うん、わかってるよ。大丈夫。頑張るから」

しっかりと頷く梢を見て、わたしも頷く。

ここ数日で、梢が抱える悩みについてわたしたちは話し合った。何度も何度も話し合った。その結果、思っていることすべてを両親に話すのが一番だと答えを出した。

大丈夫。わかってくれる。

子供が思っている以上に、親というのはわたしたちを想ってくれているのですから。だからきっと大丈夫。そう願いをこめて、この子を送り出すことにしたのだ。

「おばあちゃん」

「何ですか、梢」

彼女はつつと歩み寄り、ぎゅっと抱き付いてくれる。彼女の提げるちゃちいネックレスがきらりと輝く。初めて会った日よりも、大きくなったと感じた。

「あたし、おばあちゃんみたいな魔女になるね」

「わたしみたいに?」

「うん。たくさんの人をたすけて、幸せにして、世界の幸せのために頑張れる、そんな魔女になるの。そして、爽太さんのように希望溢れる笑顔で大切な人を守りたい。そのためにも強くなる」

「そうね。あなたならできるわ。きっと」

抱きしめ、わたしが学んだ魔女の教えを授ける。どんな時もあきらめないで。決して自分をひとりと思わないで。何百年もの魔女の歴史が、きっとあなたを祝福してくれる。

死は平和の側にある。だからこそ精一杯生きて。世界はいつだって同じ色。空の向こうには必ず光溢れる青空が広がっている。見ようとしないと見えないものが世界にはある。どうかあなたも世界に幸せを運んであげて。だって。

「魔女はすてきよ。わたしたちは世界で一番幸せな一族なのだから」

「うん。あたし頑張る。絶対に最強無敵の、究極の魔女になってやるんだから！」

笑顔がはじける。声を上げて二人で笑う。

「梢がわたしを超えられるかしら」

「超えてみせるよ。だって究極の魔女になるんだもん」

「わたしは強敵ですよ。何と言っても歴代で最も美しい魔女ですから」

「おばあちゃんよりも綺麗になるもん。それで男をとっかえひっかえしてやるんだから」

「わたしだって負けませんよ。今日から男を漁りまくってやる予定ですもの」

「あはは、爽太さんがかわいそう」

「爽太はいいんです。もう十分、わたしの裸を味わわせてあげたんですから」

「きゃーっ！　きゃーっ！　おばあちゃんてば意味深！」

ふざけ合い。笑い合い。

世界の端っこで、ようやく本当の家族になれた気がした。

「じゃあね、おばあちゃん。未来でまた、いっぱいお話ししようね」

「ええ。未来で会いましょう。あなたが生まれてくるのを、ずっと待っていますよ」

梢が砂時計をひっくり返す。青い光が少女を包み、未来へと誘う。その姿は儚げで、どこか大人びていて。見つめるわたしも、ちょっぴり大人になったのだろうか。きっとあの子も運命の人と出会い、子供を産んで、その子がまた次の魔女を宿して。あのネックレスはどこにゆくのだろう。わたしのいなくなった世界で、どこまでゆくのだろう。

繋がってゆく。未来が、運命が。

爽太が繋いでくれた命の道が。

「ばいばい。おばあちゃん――」

「さようなら。梢――」

ふわりと。淡い青の輝きが世界から消える。そこにいた梢が姿を消す。思い出と侘しさを残して、ついに一連の物語は終わりを迎えた。

「ふう」

なぜだろう。大きなため息が出た。無意識に空を見上げていた。大きな大きな、高い高い空に真っ白な入道雲が笑っていた。セミの鳴き声も寂しくなってきた。肌を包む蒸し暑さも消え、からっとした暑さが身体を貫く。この夏の眩しさは永遠に忘れない。大冒険をした特別な夏は、青空の笑い声で終わりを迎えるのだ。

「よし」

目を大きく開き、小さな掛け声で気合いを入れる。

結局、わたしはまたひとりぼっちになった。でも、これからだ。これからわたしの人生は始まるんだ。

ひとりじゃないと知っている。何でもできると知っている。魔女の力は失ったけれど、心に宿る魔法をいつでも使えると知っている。この魔法を使って世の中に幸せを運ぶんだ。むしろここからが始まりだ。さとり世代の魔法使いは、ここから始まるんだ。

「見てなさいよ、爽太」

今はもういない、大切な人の名前を呼ぶ。

人は失ってから後悔する。でも今回は後悔せずに済んだ。今度こそしっかりとお別れができた。だけどいつかはこの日々も思い出せなくなるのかもしれない。

精霊が人々の記憶から、そして魔女の記憶からも姿を消すのだとしたら。すばらしき思い出の日々も、いつかは思い出せなくなるのだろうか。それはとても残酷なことではないのだろうか。

(それでも、わたしは)

だけど、それでもわたしは下を向かなかった。だって約束したもの。

また会おうと。ずっと待ってると。

忘れてしまっても、思い出せると願うことが幸せの形だと彼に教わったから。

だから。

「わたしは大丈夫。あなたの分まで、あなたのように生きるわ」

爽快な青空に決意を預ける。

星の光が遅れて届くように、太陽となって輝くわたしの光があなたに届くと信じて、空に託す。少女として生きた青春の終わりを捧げる。

――ああ。夏が終わる。

夏が終わり、心を切なくする。魔女の力を失くしたことで、心にぽっかりと隙間ができた。でも、その分わくわくするわたしがいた。今からここに、たくさんの出会いと記憶を詰めこむのだから。いつか爽太に見せるための、大切な大切な記憶の器にわたし自身がなるのだから。

そうだ。もう一度あの山に行こう。爽太との思い出の山に行って、懐かしの地をすべて巡ろう。今度は力尽きないよう、体力作りもしておかないと。

水族館にも行こう。心通わせた青い宇宙で、寂しくなったら温もりを思い出そう。

ポケットに手を入れる。赤い折り鶴に触れる。

わたしは願う。不死鳥が、またこの世界に現れてくれることを。また、懐かしい青く輝かしい世界を生きることを。わたしはきっと涙と共に夢を見る。さようなら、わたしの小さな恋心。

「ここからよ。わたしの人生は、ここから始まるんだから!」

希望の光を青空に掲げ、まだ見ぬ世界へと走り出した。
いってきますと、遥かなる思い出に告げて。

そして、五十年の時が流れた。

エピローグ

遠い夢を見た。懐かしく心地いい、ある夏の日の記憶。

「爽太……どこぉ」

ぐずつきながら彼の名を呼ぶ。

この日、わたしは山でプチ遭難をしていた。

日が暮れたわけでもない。雨で動けないわけでもない。怪我したわけでも、お腹を空かせてフラフラになっているわけでもない。ただ単純に山で爽太と遊んでいたら迷子になってしまったのだ。今思えば高所から方角を確認して下山すればいいだけなのに、当時はそこまで頭が回らなくて。もう誰にも会えないのではと思うほどに絶望して。

悲しむわたしを救ってくれるのは、いつだって彼だった。

「お、見つけた。どこ行ってたんだよ雫」

「爽太ぁ！」

わたしの足音を聞きつけたのか、山の中腹——少し開けた場所で泣いていたわたしは、駆けつけてくれた爽太と鉢合わせるのだ。

「ったく、だから言ったろ。俺の後ろ歩いてなきゃダメだって」

「うぐ、えぐ……ごめんなさ……ひっく」

　怖かったゆえか安心したゆえか、涙が止まらなかった。普段は強気で通しているのに、ふとした瞬間にか弱い姿を見せるあたり、まだまだ子供だった。思えばこの先も、ずっとそうだったように思う。

「うえ、うぐ、うあああん」

「おいおい泣くなよ雫。まいったな」

　何にせよ、とにかくわたしは無性に寂しくて、見つけてもらったにもかかわらず、大泣きしていた。爽太がとても困った顔をしたのを覚えている。

「んー、しょうがねぇ。泣きやまないならこうだ」

　そんなわたしに、彼は何を思ったのか。突然、奇妙なことを始めた。

「『平常心勝負』！　はい、泣きやめ雫！」

「え？」

「はい、泣きやんでない。俺の勝ち～」

「は？」

　意味がわからない。だけどひくつく喉も涙も止まらない。

　それをいいことに（？）爽太はその後も「平常心を保った方の勝ち！　はいまた雫の負け～」などと意味不明のやりとりをひたすら繰り返し。そうしてついに。

「はいまたまたまたまた雫の負けー。これで俺の百勝だな。さあてどんな願いを叶えてもらうかなー」

「あ、ずるい！」

ようやく気づいたわたしは猛抗議するも、爽太は「にっしっし。どんなエロいことを命令してやろうか」と嗤うのである。いつの間にか流れる涙は止まっていた。

「よっし、決めたぜ」

「もう、こんなの反則なのに！」

しばらく経った頃、ようやく考えがまとまったのか、爽太は願い事を発表する。

それは中々にわたしの予想を裏切るものだった。

「そんじゃあ雫。今日からピンチの時は必ず一番に俺を頼ること。ＯＫ？」

「へ？」

にかっと笑う眩しい笑顔に、変な声を漏らしてしまう。

今のは、どういう――。

「難しい話じゃねーよ。雫がピンチの時は、必ず俺にたすけさせて欲しいってだけだ。他の誰でもなく、必ず俺を頼ること。いいな？」

「え、いいけど、何で」

意味がわからなかった。せっかくのお願いを、どうしてそんなことに。

その答えは、きゅんとする理由と共に語られる。

「昨日、別の男と遊んでたろ」

「男?」

「おお。同い年くらいの男子と」

「えっと、ああ」

昨日を思い出す。確かに遊んだ。いや、あれは遊んだと言えるのか。

近所の(と言っても数キロ離れた家の)おばさんが、おばあちゃんに用事があったので息子を連れて家を訪ねて来たのだ。その時におばさんが二人で遊んでおいでと言うから、しぶしぶその男の子と適当な話をしていたのだけれど。え、それが何?

「……」

「爽太?」

「ああいうの、やめろよ」

「ああいうのって」

「だから、その」

「その?」

「……っ」

「?」

「俺以外の男と、楽しそうにするの」

「え――な……っ」

爽太の顔は真っ赤だった。見せまいとしているのかそっぽを向いているけれど、そのせいで赤く染まった耳がよく見えて。その意味に気づいた時、わたしも急激に顔を火照らせ、汗を噴き出していた。

どうしようもなく慌てるわたしに彼は告げる。

その勇気は、わたしの中に永遠に消えない炎を灯らせた。

「雫が泣いている時は俺がたすける。辛い時もやばい時も必ず俺がたすけに行く。他の誰かじゃなくて俺にたすけさせてくれ。だからその代わり、俺の、俺の」

続く言葉は、さすがに彼と言えども絞り出せなかったようだ。

だからわたしが、彼に代わって続きを述べた。

「わかった。爽太がたすけてくれるなら……爽太だけの女の子になる」

「っ！　約束だぞ。絶対だからな」

真っ赤な顔で叫ぶ彼の声からは、歓喜の色が隠せていなかった。

その事実が、幼い少女であるわたしを余計に喜ばせて。

「うん、約束。わたしをたすけさせてあげる」

「任せろ。必ずたすけまくってやる」

ゆびきりを交わす。繋いだ小指から、彼の心臓の音が聞こえてくるようだった。二度とほどけない透明な糸が絡まったと知った。どきどきが止まらなかった。

だから、これは照れ隠しだったのかもしれない。いつもは飄々《ひょうひょう》としている爽太が余裕のない表情を見せたから、調子に乗ってしまったのかもしれない。

「じゃあ爽太。これからどんなことがあっても側にいること。いいわね」

「え、お、おう」

立ち上がり、強気な顔で宣言するわたしを爽太は見上げる。

「どんなに遠くに行っちゃっても、必ず追いかけてくること。いい？」

「お、おお。任せとけ」

「少しでも放置したら、必ずお詫びの品を持って追いかけてくること。これもいい？」

「え、あ、うん。いいけど」

「そうね。ハワイ土産がいいわ。ハワイ土産を手に追いかけてきて」

「ハワイ土産？　わざわざハワイに行って土産買ってから来いと」

「何よ、男の子でしょ。女の子のためならそれくらいしなさいよ」

「わ、わーったわーった。するよ。絶対する」

ああ、そうだ。これのせいだ。わたしがここであれこれ要求し始めたから、自分が勝ったと勘違いしたのだ。幼い頃の記憶は本当に曖昧で夢の中のようで、それでいて尊い切なさを宿しているのだ。

「本当に大丈夫？　爽太のことだから明日には忘れてそう」

「大丈夫だって。ちゃんと覚えるっつうの」

「ふふ、約束よ。じゃあこれをあげる」

「何だこの不細工なおもちゃ」

「不細工って何よ、一生懸命作ったんだから！」

　爽太にあげたのは、おばあちゃんと一緒に暇潰しで作ったネックレスだ。彼がぼやくのも納得の出来だったけれど、それでも一生懸命に作ったのは嘘ではない。それをあげるのだから喜ぶのが当然であり、ましてやかわいい女の子に貰えるのだから、男の子は喜ばなくてはだめだと当時のわたしは考えていた。

「それは誓いの証。それがある限り、あなたは魔女の騎士《ナイト》よ。いっぱいたすけさせてあげるんだから」

「魔女の騎士か。へへ、悪くねーな」

「でしょ？　いっぱいわたしをたすけてね、爽太」

「ああ。俺に任せとけ、雫」

　世界の果ての追憶の記憶。そこが幸せの境地だとわたしは知っていたのだろうか。子供の頃は早く大人になりたくて、幸せはずっと遠くにあるのだと信じていた。

今になって知る。幸せとは振り返って気づくものだと。

そう気づけるほど長く人生を歩むことが、また幸せを呼ぶのだと。

暑い夏の一日。セミの鳴き声が空を覆い、青空が大きく呼びかける。白い雲は轟々といびきをかいて眠り、その下でわたしたちは走り続ける。時間が止まっているような、すべての望みが叶った不思議な世界。何でもないけれど特別な、きらきらと青く眩しい二度と戻らない子供時代。かけがえのない幼い記憶。

煌き、輝き、涙のように透明で切ない思い出だった。


「もう、おばあちゃんってば。聞いてるの⁉」

「は──っ」

まどろみの夢が泡沫《ほうまつ》のように弾ける。

初夏の日差しに午睡《ごすい》していたわたしは、孫の声で目覚めた。

「どうしたの梢。そんなに叫んで」

「話の途中でおばあちゃんが寝ちゃうからでしょ。カメだらけの水族館がリニューアルしたから、行ってみたいって話してたのに！」

「ふふふ。ごめんなさいね。梢を見てるとつい懐かしくなっちゃって」

すぐ側で、だいぶ思い出の姿に近づいてきた少女──梢は憤る。

そんな梢の頭を、皺だらけで痩せ細り、かつての面影のなくなった――だけど最愛の魔女に近づいてきたわたしは、優しく撫でる。

さて本日。２０６８年。七月。天気は晴れ。

わたしは自宅の庭先で、孫の梢と戯れていた。

なぜ離れて暮らす孫娘がここにいるかというと、理由は簡単だ。十歳の我が孫は、それはもう誰に似たのかと驚くほどのおてんばで。テストの点数で母親と喧嘩したのを理由に、隣県にあるわたしの家――山奥の一軒家にまで家出して来たというわけだ。相変わらずの行動力に笑うしかない。

「もう、何で笑ってるの。こっちは怒ってるのに」

「ごめんなさいね。梢はよく家出する子だと思ってねぇ」

「何言ってるの。家出したのなんて初めてなんだけど」

「おばあちゃんが知る限りは初めてじゃないのよ」

「どういうこと？」

わけがわからないという顔の梢を前に、再び笑う。このやりとりも懐かしい。無敵の魔女と似たような会話をした気もするし、五十年前のあの日には、この子と怒鳴り合うこともあった。本当に、人生そのものが宝物だとつくづく思う。

そんなわたしに、梢は興味を持ったのだろうか。子供は何をするのも突然だ。

不意に、こんなことを言いだした。

「ねえ、おばあちゃん」

「なあに、梢」

「おばあちゃんの人生って、どんなだったの？」

「おばあちゃんの人生？」

「うん。あたしおばあちゃんのこと、もっと知りたい。だって何だか普通の人じゃないような気がするもの」

「梢はいい目を持ってるわね。そうね。おばあちゃんの人生は、魔女と共にある人生だったと思うわ」

「魔女？　魔女って絵本に出てくる？」

訝《いぶか》しむ梢に、これまでを振り返りながら話した。

すばらしかったと自信を持って言える人生を。

「大冒険だったよ。行く先々で世界の小さな奇跡を見ることができたんだから」

「世界の小さな奇跡……」

あれから——魔女の力を失い、魔法使いとして生きていく覚悟を決めてから、わたしは本当に多くのことを経験した。

紗菜さんや氷川くん、瞳さんだけではない。お父さんやお母さん、消防士さんなど、色んな人との繋がりを大事にすることで、わたしの人生は大きく変わったのだ。

これまで内にこもるばかりだったわたしは、とにかく多くの人と出会い、かかわることを意識した。すべては魔女時代に学んだことを、世界中に伝えたいと願ったからだ。

人を幸せにすること。

それにより、自分も幸せになれるということ。

それがどれだけすばらしいことか。そんな魔法を持つ人はどんなにすてきか。

わたしの生き様を通して、人々に幸せの魔法を伝えて回った。彼らから受け取った幸せの花は胸いっぱいに咲き誇り、今も枯れることなくわたしを祝福してくれている。本当に、導いてくれたすべての人に感謝したい。こんなにもわたしの人生がすばらしいものになったのだから。

さらに、その中で不思議なことも経験した。

あれだけのことがあったにもかかわらず、やはり彼は人々の記憶から消えたのだ。紗菜さんや氷川くんですら、彼のことを忘れ、知らないと言っていた。かくいうわたしもいつからだろうか。もう顔も名前も思い出せなくなっている。どんなことがあったかも、どんな約束を交わしたかも思い出せないのだ。

だけど、それでもだ。

それでも時折、夢に見るのだ。

大切な人がいたということを。その人がわたしを導いてくれたことを。そして、その人ときっとまた会えるということを。

紗菜さんも氷川くんも彼のことを忘れていた。しかし時々、うっすらとたすけてくれた誰かがいたことを思い出すと彼らは言う。それらを聞く度に思い知る。この世界には説明のつかないたくさんの不思議が溢れているのだと。強く強くそう思うのだ。

まだまだわたしの知らない不思議がたくさんある。だからこそ待ち続けると決めたのだ。十年、二十年。気の遠くなるような膨大な時間を経たとしても。

必ず会えると。会いたいと。かつて恋に焦がれたわたしが叫ぶのだ。

忘れない。忘れたくない。永遠の時を想い続ける。たとえもう永久に会えないのだとしても、それでも――。

そんな夢を、わたしは見るのだ。

「ふうん。すごそうだけど、何だかよくわかんないや」

「ふふ。まだ梢には早かったわね」

わたしの話を、梢は無垢《むく》な瞳で受け流した。

今はそれでいいと笑う。いつかあなたも魔女について知り、悩み、その果てにあなただけの答えを出す日がくるのだから。平成の魔女として託す予言は決めている。梢と、まだ見ぬ未来の魔女を導くと信じて、想いを残すのだ。頑張ってと願いをこめて。

（…………）

青い青い高い空。真っ白な入道雲が夏の入り口を教えてくれる。

緑豊かな大地の上で、吸いこまれそうな青に心を預ける。

ああ、今日は本当にとてもいい天気だ。

あの日も、こんな希望溢れる世界だった。

夢の始まりのような、泡沫の幻のような、夏の一日。

そんなきらきらとした光の中で、わたしたちは出会った。

今もほら、また。

「あ、おーい。こっちこっち」

「え——」

突然、梢が遠くの誰かに向かって手を振り呼びかける。遠くの誰かが手を振り応える。

ひとりの少年が歩いてくる。

懐かしい、記憶のどこかに生きる少年が。

「紹介するね、おばあちゃん。あの子は昨日知り合った男の子で、あたしの——おばあちゃん？」

「ああ……やっと」

涙が零れる。五十年前に流した涙の、あの続きが。

世界が煌く。光で溢れる。眩い輝きは、わたしをあの頃のわたしに戻した。

景色と音の消えた真っ白な世界が微笑みかける。長かったねと言ってくれた気がした。

五十年。気の遠くなるような時を経て、願いは叶う。

白い光の宇宙で、わたしは出会う。導かれるよう惑星に出会う。

懐かしい笑顔が咲く。左手に掲げるのは約束のお土産だろうか。右手に持つ古びたビンには、どんな願いが刻まれているのだろうか。

星の光が遅れて届くように、最後の夢が時を超えて辿り着く。

あなたと見たポラリスを忘れない。

二人で見た、夜に瞬く星空は子供時代の永遠の宝物。

何も知らない無垢な頃に、黒猫のあなたとわたしは出会った。

目の覚めるような爽快でさわやかな青空だった。

その青空を詰めこんだような瞳を見て、名付けたのだ。

遠い記憶の果てに眠る名前を呼ぶ。

思い出と変わらぬ少年は、太陽のように笑っていた。

「おかえり、爽太」

てのひらから、赤い不死鳥が飛び立った。


「やっと、ようやく」

◆この作品はフィクションです。
実在の人物、団体などには一切関係ありません。

双葉文庫

ふ-28-02

さとり世代《せだい》の魔法使《まほうつか》い

2019年3月17日　第1刷発行

【著者】
藤まる《ふじまる》

【発行者】
島野浩二
【発行所】
株式会社双葉社
〒162-8540 東京都新宿区東五軒町3番28号
［電話］03-5261-4818(営業)　03-5261-4851(編集)
www.futabasha.co.jp
(双葉社の書籍・コミックが買えます)
【印刷所】
中央精版印刷株式会社
【製本所】
中央精版印刷株式会社

【表紙・扉絵】南伸坊
【フォーマット・デザイン】日下潤一
【フォーマットデジタル印字】恒和プロセス

ISBN978-4-575-52204-4 C0193
Printed in Japan

FUTABA BUNKO

時給三〇〇円の死神
The wage of Angel of Death is 300yen per hour.
藤まる

「それじゃあキミを死神として採用するね」ある日、高校生の佐倉真司は同級生の花森雪希から「死神」のアルバイトに誘われる。曰く「死神」の仕事とは、成仏できずにこの世に残る「死者」の未練を晴らし、あの世へと見送ることらしい。あまりに現実離れした話に、不審を抱く佐倉。しかし、「半年間勤め上げれば、どんな願いも叶えてもらえる」という話などを聞き、疑いながらも死神のアルバイトを始めることとなり——。死者たちが抱える切なすぎる未練、願いに涙が止まらない、感動の物語。

発行・株式会社　双葉社

FUTABA BUNKO

神様たちのお伊勢参り
竹村優希
恋人も仕事も失い、伊勢神宮に神頼みにやってきた谷原芽衣。事もあろうか、駅から内宮に向かう途中に有り金を盗られた芽衣は、泥棒を追いかけて迷い込んだ内宮の裏の山中で謎の青年・天と出会う。一文無しで帰る家もないこともあり、天の経営する宿『やおろず』で働くことになった芽衣だが、予約帳に載っているのは市杵島姫や磐鹿六雁など聞きなれない名前ばかり。なんと『やおろず』は、お伊勢参りにやってくる日本中の神様御用達のお宿だった⁉

発行・株式会社　双葉社